モーニングキスをよろしく

佐々木禎子

Illustration
鹿乃しうこ

B-PRINCE文庫

※本作品の内容はすべてフィクションです。
実在の人物・団体・事件などには一切関係ありません。

CONTENTS

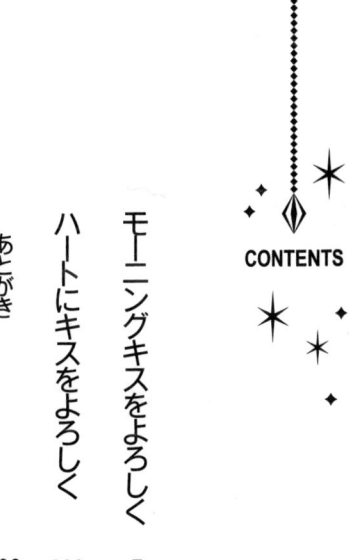

モーニングキスをよろしく

1

深夜の空気には独特の匂いと味がある。

パールグレーにパープル、濃紺の夜空にむら染めの模様を描いて広がる雲を見上げながらおれはそんなことを思っていた。

親元を離れてこの春から一人暮らしをはじめた解放感がそう思わせるのかもしれない。

おれは長くつら～い受験期を経て、やっと大学に受かったところだった。

いつ果てるとも知れぬ学業の日々の最終形態――大学生となったおれは、

「遊びまくってやる～」

てな気持ちで希望に胸をふくらませていた。

十八歳・男が胸をふくらませてどーするんだとも思うが。

若い男の肉体としてはふくらませたいのはもっと別な部分であって……。

いや、というかおれ自身の胸ではなく、せっかくなんだからよそのお嬢さんの胸をふくらませてさしあげたいんだが。とはいえお嬢さんの腹をふくらませてしまってはシャレにならんというか。

なんていうことをグルグル考えてしまっている一人暮らし初心者のおれだった。

思っているだけで実際には同じ学部の女の子とちょっとした会話のひとつもまだこなしていない春、四月の夜――

このあいだ大学の入学式をすませたばかり。

小心者でオクテなおれの名前は、真島広夢《まじまひろむ》。

身長百七十センチ――一人暮らし歴は一週間目、彼女いない歴は十八年目に突入の青年である。

今まで遊ぶことのなかった真面目な自分自身ともサヨウナラで、格好いい男へと成長したりして……。

ガリガリと塾に通い、ぶっ飛んで遊ぶこともない、地味な高校生だったおれの青春がやっと花開くんじゃないかという予感および希望的観測に酔いしれて夜の散歩をしている最中なのだった。

入学した学校はH大学である。

地元ではまぁ通りのいい国立大で、お役目ご苦労さんてな具合に親と親戚から温かい目で見守られながら北海道札幌《さっぽろ》市に引っ越して来た地方出身者のおれは――恥ずかしいけれど深夜にコンビニにぶらぶらと買い物に行くだけでワクワク出来ちゃうんだよね。

それだけで冒険気分なんておもいっきり情けないけれど。

でもそんな自分からももう脱皮するつもりなのだ。

知らない人間ばかりのこの環境で過去の皮を脱ぎ捨てて大変身してしまうつもりなのだ。

深呼吸をひとつしてみる。

冷たい空気をゴクンと飲み込む。

微熱があるときに口のなかに放り込む氷のかたまりみたいな味と匂いがする。

おいしいものじゃあない。冷凍庫から出したての氷についた特有の臭気に似た、なんの匂いだか断定出来ない香りを含んだ、冷えたかたまりがおれの喉を通り抜けていく。

特別にうまいと思ったことはない。けれどおれの好きな味。

片手でぶらさげた白いビニール袋のなかには今さっきコンビニで買って来た飲料水のボトルとスナック菓子がはいっている。

おれが歩くのにあわせてカサカサ、カタカタと音をたてている。

アクビをする口もとみたいにまるく、のほほんと白く輝く月が雲の陰から浮かび上がる。

春とはいえまだ寒い。

道路の脇には車の排気ガスで汚れたネズミ色の雪がかたまって残っている。

この近辺は大学から少し離れているせいで学生街とはいいがたい。

静かで、枯れた味わいのある町なみだった。

庭付き一戸建ての古い家が目立つ昔からある住宅街の片隅にポツンとひとつだけ建てられた新築のアパートがおれの住まいである。

まるで古い家々から追い立てられたみたいにして袋小路のどんづまりに建っているアパートの、どこが気にいって入居したかというと、新築だということと、家賃が安いことだった。

八畳に、バス・トイレつき。

四畳半の台所つき。

一階の路地に面した日当たりのいい部屋。

けっこうな好条件だと思う。

濡《ぬ》れたように黒いアスファルトの小道のつきあたりのアパートへとおれは足を進めた。

「あら?」

いい気分でコンビニの袋をぶらぶらさせていたおれは歩みを止める。

道路の真ん中にゴロンと転がっているものを発見してしまったからだ。

「え? 人間?」

おもわず小声でひとりごちる。

月明かりと道ばたの水銀灯に照らされて寝そべっている人間がいた。

白い、淡い光を浴びて、うつぶせに倒れている。

まるで死体みたいに。

とっさの連想に「縁起でもないやい」と自分でツッコミを入れてから、おそるおそるその人影に近づいてみた。

「う……ん」

おれが寄っていったのを気づいたみたいにして、転がっていた相手は低くうなって寝返りをうった。

とりあえず生きてはいる……らしい、が。

Vネックのベージュのセーターに濃いグレーのジャケット、同色のパンツというそれなりに洒落《しゃれ》た服をシワシワのデロデロにして道路でひっくり返っている。

おれはそいつをツンツンとスニーカーのつま先で軽く蹴飛ばしてみた。

それから屈《かが》みこんで相手の様子をうかがった。

「うわっ。酒臭い～」

プンと漂うアルコール臭におれは鼻をつまんだ。

どうやら酔いつぶれて路上でおやすみになられてしまっているらしい。

「くさ～い～？　ごめ～ん」

おれの台詞《せりふ》に反応して、酔っぱらい特有の呂律《ろれつ》のまわらない言い方で相手が応じる。

年は二十歳前後というところだろうか。

そして、笑った。

二重の、だけどドングリ眼っていうのじゃない、切れ長の目。

笑顔を見せたとたんにその目尻がこころもち下がって、端正で整った顔立ちに、甘さが毒みたいに染みこんだ。

茶色い髪をナチュラルに適当に流している。

がっしりとした顎としっかりとした大きめの口が男らしい。

男らしくて、甘い顔つき。

それでもって軟派っぽくて、さらに深夜に路上で泥酔して倒れてる。

トータルで気に入らなかった。

おれのコンプレックスを刺激してくれてるから。

イイ子ちゃんで、真面目で、決してハメをはずしたり出来ないおれと正反対のベクトルを持つ同性に一瞬だけムッとする。

とはいえ――だからって――そのまま捨てていったりしませんけれど。

そのへんがおれってイイ奴《やつ》で、生真面目なんだろうけれど。

仕方ないよね。それがおれの性質なんだし。

「こんなとこで寝てたら風邪ひいちゃいますよ？」

おれに笑いかけてから、また瞳を閉じた相手をゆすぶって声をかける。

「う～ん？　そしたら看病してくれるでしょ？」

「はぁ？」

「きみがオールナイトで看病してくれたら～、風邪なんてアッというまに治っちゃうから～。

だ〜いじょ〜ぶ」

誰と勘違いしてんだか。

おれはため息をつく。

いいなぁ……。オールナイトで看病してくれる相手がいてさ。おれなんて童貞野郎だし。大切に取っておいているわけではないのですが。チャンスがなくて。ええ。

セックスしたとたんに大人になるとも思ってませんが。

それでもしないままだと子供のような気がして、誰にともなく気がひけちゃうのってどうしてなんだろうね……。

なんてことをブチブチと思っていたおれに、泥酔野郎は手をのばした。

身体を起こして、おれの首に腕をまわす。

「あの……家はどこですか？　この近所ですか？」

とにかく立ち上がる気配を見せた相手を抱き起こすようにしながら、おれはそう尋ねた。

「家？　そこ」

指をまっすぐにのばした先は、ちょうど目の前の車庫だった。

ガレージのシャッターは開けっぱなしで、そのなかに車が一台、入庫されている。

春の残雪に似たうす汚れた色あいの白——洗車やワックスがけを怠っていますね、なホワイトカラー——の角目でとんがったスタイルの車だ。

「ひょえ？　これアンタの車？」

車庫を家と称する酔っぱらいに反論するより先に車に目を奪われてしまったのは、ちょっと昨今では珍しい車だったからだ。

「う〜ん？」

思わず車名を言うと、

「おお？　よ〜く知ってんな？　ターボGTよ〜ん」

まるで負傷した戦場の兵士のようにして相手はおれの肩にしがみついてようやっと立ち、

「寄ってく？　おれんち、おれんち……ここ」

ズルッ、ズルッと、おれを引きずるようにして車庫へと向かう。

「え？　ちょ〜待てっ。おれんちってなぁ」

と言いながら車フェチの気《け》のあるおれとしては車に興味は津々なのでありまして。

引きずられつつ、引きずりつつ、おれたちは二人で車の前に立った。

酒臭い息を吐きながらおれにしがみついていた男はジャケットのポケットを探って鍵を取り出した。

そして車のドアを開ける。

はたしてここが家かどうかは別として——というかどう考えたって車庫だから、この車庫の隣に建っているのが彼の家なんだろうと思ったんだが。

「まーまーなんのおかまいも出来ませんがっ。はいって。はいって」

スルリと滑りこむようにして運転席にもぐっていった男がニコッと笑っておれに、

「おいで、おいで」

というふうにして手のひらを振るのをボーッと見ていたら、

「はいってってよ〜。寂しいからさ〜」

と車のオーナーはおれの腕をぐいっと引っ張って、ついでみたいにして器用に反転した。

「え？　わ？　ああ〜」

引き寄せられて、つんのめり、そしてそのまま相手に覆いかぶさせられて運転席から助手席へと無理やりに押しやられる。

「痛いっ」

ガツン、ゴツンとハンドルだとか、シフトレバーだとかに身体がぶち当たる。

持っていたコンビニの袋が車のなかに放り出される。

「痛い？　ごめんね。カーセックスすんのには狭いよねぇ。この車」

「かー……せっくすぅ？」

しゃらっとさりげなく言ってくれた相手は男だ。

そいでもっておれも男だ。

のしかかるようにしておれを車のシートに押し倒した男をおれは仰ぎ見る。

さすがに貞操の危機なんかは感じませんが。

いくらおれが男としては華奢《きゃしゃ》な方だとはいえ、いざとなったら暴れられますし。

相手はただの酔っぱらいだし。

「うん？　しない。しない。ただ寂しいからちょっと眠っててってよぉ～」

相手はまたあの笑顔を見せた。

キツイ目をしているのに、笑うと、不思議と柔らかい印象になる。

人懐こい猫科の大型獣っぽい笑い方をする。

照れて、はにかんでいるような甘い目つきと唇で笑う。

チクンと胸が痛んだ。

劣等感……なのかなぁ。

今まで感じたことのなかった痛みが、走った。

憧れ——みたいなものなのかもしれない。

おれだってこんなイイ男になりたかったわけだよ。

そしてときには酔っぱらって路上に寝る程度のことをしてみてもいいんじゃないかと思うわけよ。

おれはなにをやってもいつも適当なところでストップをかけちゃう。

安全装置が組み込まれているみたいな言動しかとれたためしがないんだ。

だからいっぺんぐらいは盛大に暴れたいっていうか、こんなふうに自由にワガママ言ってみたいっていうか。

羨ましかったのかもしれない。

通りすがりのおれに酒臭い言葉を吐き出して、自分の車を「家だ」と言いはって、なかに「はいって。はいって」って勧める相手のことが。

おれは酔っぱらい男の笑顔に反応して自分の胸からわき上がるイヤ〜な感じに眉をひそめる。

でもまぁ……念願の一人暮らしをして、大学生になったんだから。

少しはおれのこの安定した性格と行動パターンの皮だって剝《む》けるでしょう。

と、思う。思って、いる。

なので、そんな気持ちはとりあえず脇に置いて、

「やだよ。おれ。ごめん被りますっ」

酔いどれ男の胸に手のひらを押しつけて立とうとした。

とたんに、

「ごめん被るぅ？　どこの時代劇だよ、その台詞？」

おれの台詞が酔っぱらいのハイテンションのツボにはまったらしい。

ものすごい勢いで相手はバカ笑いしはじめた。

そして、

「う……うえ〜」

笑ったはずみで吐き気がこみ上げたらしい相手が唐突に真っ青な顔になっておれへと身を乗り出した。

「うわっ。やめっ。だめっ」

無意味ながら意味のある言葉を連呼しておれは相手から遠ざかる。

そこで前の方に向かって相手を押しのけて遠ざかったらよかったものを、おれときたら後ずさったものだから……。

つまりしっかりと助手席へと身体を移動させて、車に乗り込んじゃったんだよね。

窮屈なのに身体をコンパクトに折りたたんでまで、どうして車に乗ってしまったのでしょうか。

そのへんが――無意識のうちに貧乏クジを引きやすい体質なのかもしれない。

「なんてね」

おれがしっかりと助手席に移動したと同時に相手の男は平然とした顔をして、そう言った。

「え？　おい？」

そのまま男はドアを閉める。

パタンと自分の座るシートを倒して、呆然《ぼうぜん》とするおれの座るシートにも手をのばして倒した。

「なにすんだよっ」

詰問調になったおれの首を腕で抱え込んで、足をからめて、抱き枕みたいにしておれのことを抱きすくめてから、

「寝んの」

言葉少なに、たった一言の返答をよこした。

「はぁ？」

「一緒に寝よう。寝るだけでなんにもしないから」

「されてたまるかっ」

さっきからこの男はおれをどこの可愛子《かわいこ》ちゃんと間違えてるんだろうか。

腹立つなぁ〜。

「ごめん」

おれの心の独白をかぎ取ったみたいなタイミングで男が耳もとでささやいた。

驚いて相手を見返す。

正直、こんな至近距離で他人をながめるのってはじめてかもしれない。

まっすぐに見つめ返してくる目に、おれの目が映っている。

「ごめん。だって一人だと寂しいから」

おれのコンプレックスを刺激しまくってくれている、格好いい、オトナ顔の、遊んでそうな

相手の男はそんなことをおれの耳もとで、小さく、言った。

ひどく寂しそうにして、かすれた声で言った。

女殺しの台詞で、言い方だった。

「一緒にいてよ。このまま。なにもしないから。絶対」

なにかしようにもおれは男だってばっ。

なんてことを言い返そうとしたのに。

「おいっ。待てっつーのっ」

相手はコトリと意識を失ってしまったのである。

唐突に瞳を閉じて、安心したみたいにして、クゥクゥと心地よい寝息をたてているのである。

おれは抱きかかえられたまま、暴れた。

「寝るなっ。そのまま寝てしまうんじゃないっ」

限界ギリギリまで酒を飲んだのでありましょう。

だから路上で倒れていたのでしょう。

この泥酔野郎の所持している車なのは鍵があったから正しいのでしょう。

だけど。

なんで男のおれに抱きついて車で眠るんだよ〜？

しかもジタバタするおれを一層ぎゅっと強く抱きしめて、放してくれない。

「酒臭いっつーの。なんだよ。アンタは～」

自分で自分が悲しくなりました。

だけどさぁ……。

安らいだ顔でおれに頬を寄せて眠ってしまった相手の様子に、どうしてかおれは男を引き剝がす気力が萎えちゃったんである。

どうしてだかは、わからないけれど。

きっとそういう性格だからってことだけど。

頼まれたらイヤと言えないとか、面倒ごとを背負いやすいとか、生真面目だからこそ貧乏クジを引きやすいとか……そういうことなんだろう。

おれは、

「あ～あ」

と嘆息しながら、そのままシートに横たわって今さっき出会ったばかりの男の抱き枕になる運命を、結局は受け入れてしまったのだった。

「風邪ひきますよ～?」

人肌は温かいとはいえ——北国の春をなめてはいけません。

おれはしがみつかれたまま首をひねって周囲を見渡した。

シートがおもいきり倒されているせいで後部座席がすぐ目前に見える。

そこに茶色の毛布が載っかっているのを発見する。

おれは「よいしょ」と手をのばして毛布をひっつかもうとした。

おれを抱きこんだ男は離れまいとするようにさらにおれを力いっぱい抱き寄せる。

「あのねぇ。寒いから毛布取るんだってば。ちょっとどいてって」

無邪気な寝顔でもっておれにしがみつく相手と、今のとんでもないこの状況におれは苦笑してしまう。

なのに妙に楽しいなぁとも思っていた。

だってこんなふうにして道ばたで男を拾い上げて、その男と一緒に車のシートで転がって眠るなんて、今までだったら絶対にあり得ないことだったから。

コンビニに夜なかに買い物に行くだけで嬉《うれ》しい気分になる世間知らずのおれとしては、はっきりいってワクワクしちゃうような奇妙なこの体験につきあってしまおうと、もう心に決めてしまっていたんだね。

相手が可愛い女の子だったらこれって恋愛のはじまりかも、なんだけど。

男だったら友情のはじまりなのかなぁ。

不思議と嫌悪感はなかった。

見知らぬ男にひとつ場所で抱きしめられて寝てるのに。

おれが女だったらきっと危機感あると思うけど。

男同士だし、一緒にこのまま寝てしまっても、別になにがどうってこともないわけだろう。

どんな夢を見ているのか甘くて男らしいハンサムな酔いどれ野郎は、おれの言葉に「ふにゃ」なんていう意味不明の声で応じて、その腕を若干ゆるめた。

で、おれはそのスキに毛布を取っておれと相手の身体にちゃんと掛かるようにして広げた。

「あ、こら。つかむんじゃないよっ」

ヒモにジャレる猫みたいにして酔いどれ野郎が毛布とおれにしがみついてくる。

それとも母親にくっつく子供みたいに、と言うべきか。

それをかわしながら、おれは酒臭い相手と一緒に毛布にくるまった。

酒臭いことをのぞけば相手の寝姿は猫に似ていた。

猫って、眠っているところをジーッと見つめていると、見ているこっちまで眠くなっちゃうところがないかなぁ。あんな感じ。

気持ちよさそうで、しあわせそうで、だからおれまですっかり眠くなってしまったというわけだ。

まだ一人暮らしをはじめて一週間だったけれど、それなりに気張っていたのかもしれない。

新しい環境、大学生活、学業。

おれはいろいろなことを細かく、断片的に連想しながら……ふと気づくと眠りにおちてしまっていた。


低い音がずうっと聞こえていた。

身体が揺れていた。

眠りながらもヘンな気分だった。

おれのじゃない聞き覚えのない誰かの声が聞こえて――歌声が――。

テレビかラジオをつけっぱなしで寝ちゃったのかなぁ。

ぼんやりと思いながら目をしばたたかせる。

ハスキーでやさしい感じの男の歌声がずっと繰り返されている。

聞いたことのない歌だけど、ほわんっと胸にあったかい手のひらを押しつけられたような心地にさせる声だった。

遠くの潮騒《しおさい》みたいな重い音が後ろから聞こえる。

寝相が悪いからいつも布団を朝まで掛けてたことないのにどうしてか今日はしっかりとくるまっている。

「う……ん。なんか……気持ちいいや」

寝言みたいにして声を出す。

そうすることで心地よさがもっと持続しそうな気がしたから。

それで――それから――

え？　ちょっと待て？

おれってば――なにしてんだ？

だって、おれは、誰かにしがみついて寝ているのだった。

「あ……」

やっと昨夜《ゆうべ》の記憶が蘇《よみがえ》って一気に目覚める。

うす目を開けて様子をうかがった。

もうすっかり朝だった。

外が明るい。

そいでもってこの場合、なにが困ったかというと。

昨夜は「しがみつかれて」寝ていたはずなのに、今朝になったらおれの方がしっかりと相手を抱きしめていた。

夜の、あの月夜の、なんかいい気分なんてのは――朝の日差しの下では気の迷いだったとしか思えない。

おれはなにを思ってこいつと一緒に寝てしまったんだろう。

抱きついちゃってるせいで——つまりおれだって男なので生理現象でふくらんじゃってる部分が——いわゆる朝勃《あさだ》ちっつーものがだなぁ——。

当たってんだよっ。

おれのふくらみが相手の太腿《ふともも》にっ。

あげくにうっとりと「気持ちいい」とまで言ってしまったおれである。

相手がかすかに身じろいだ。

おれが起きたことに気づいたのかもしれない。

離れてくれればいいのに——もっと腰を押しつけるみたいにしておれを追いつめてるのはどういう理由なんでしょうか。

おれはこのまま一生、眠り姫のようにして眠りつづけてしまいたくなった。

男に抱きついてふくらんだ股間を擦《こす》りつけている今のおれの状況を相手はどう感じていらっしゃるのでしょう。

おれだったら——おれがこんなことされてたら怖いよ。

酔いつぶれていたあいだに何事が起きたかを悩みつづけるでしょう。

でもずっと寝たふりしているわけにもいかなかった。

おれのアパートはここから一丁、離れた場所に建っていて、だからこの相手とおれはご近所さんで、このままなんの説明もなしに「じゃ。そゆことで」と立ち去るわけにもいかないだろうし……。

だいたい「そゆことで」って「どゆこと」なんだよ。

と一人で突っ込む。

というぐらいおれは動揺していた。

動揺しながらおそるおそる目を開けたとたんに酔っぱらい男のどアップだった。

「おはよ」

低くかすれた声で言われて口をポカンと開けて慌てる。

聞こえていた歌声はカーラジオから流れているものだった。

そして酔いどれ野郎もそれにあわせてハミングしていたらしい。

「お……」

挨拶は生活の基本です。

ですけれど見知らぬ男にすがりついて抱きついてひとつの毛布にくるまって車庫のなかの車に寝ていた場合、とっさに爽やかに挨拶を返すことが出来ましょうか。

おれは出来なかった。

ただ目を見開いて、なにを言うべきかアワアワするだけだった。

「天使のダミ声って言うんだよ」

おれに腕枕をしてくれている状態で男が低く笑いながら言った。

こいつは男のおれに抱きつかれたまま、腕枕して、じっとおれの寝顔をしばらく見つめていたのか。

なんでこんなに平然としているんだろう。こんなわけのわからん状況なのに。

わからん。

「え？」

「この歌。歌ってる人がさ。汚い嗄《か》れた声だろ？　だけど聞いてるとなんかホッとあったかい、やさしい気持ちになるだろ？　それをして天使のダミ声と言う」

慌てているおれの心をあやすみたいな、落ちついた声で相手が言う。

「あ、あの……」

とりあえずおれは抱きついていた腕を離して起き上がるべきだろう。

で、慌てたおれはドサッという音をたてて身を起こし、男の頭上に毛布をぶつけて広げ、自分はすごい勢いでもって車の天井に頭を打ちつけて、

「いてっ」

手を上げて頭をかばおうとしたとたんに、

「うわっ」

シフトレバーに拳骨《げんこつ》をぶつけて、そのままもう一度パタンと倒れてシートにひっくり返っ

た。

なにやってんだ。おれ。

おれにいきなりかぶせられた毛布から顔を出した男がクックッと声を殺して笑っている。

「あの、すいませんっ。つまりこれは」

おれがしどろもどろに説明しようとするのを押しとどめて、相手はシートを起こした。

ああ……そういう手があったか。

別にいつまでもリクライニングしていなきゃならんわけじゃないから。

おれも助手席のレバーを探し出してグイッとひねる。

とたんにガクンッとシートが起き、その反動でおれはピョコン、とジャンプしてしまった。

ビックリ箱の人形みたいにして。

それがおかしかったのだろう。

運転席の男はハンドルに顔をつっぷして笑っている。

「ごめん。すまない。笑っちゃって」

笑いながらそう言ってくる。

「いや。いいですけど」

と返しつつおれは憮然《ぶぜん》とする。

「ちゃんとおれ昨夜の記憶あっから。酔っぱらって道路で寝てたらきみが起こしてくれて、そいでおれに引きずられて車で寝てくれたんだよな？　悪《わり》ぃ。ごめん」

「はぁ」

「本当、いい奴だよなぁ。毛布も掛けてくれて、つきあってくれて」

ポンポンと頭を撫《な》でられてしまう。

気持ち悪がられるのもイヤだが、この子供扱いもなんとも。

「ラジオで起きた？」

そして平気な顔でもって尋ねてくる。

どういう神経を持ってる男なんだろう。

おれは胡乱《うろん》な顔つきをしたのかもしれない。

男はゴソゴソとポケットからサイフを取り出し、

「え～。おれはこーゆーものです。身分証明ね」

免許証をおれの方へよこして見せた。

証明写真ってヘンに写るものだと思っていたのに、こいつの写真はサマになっているのが悔しい。

『依斐　匡』

だってさ。名前が。

『イビ　マサシ』

と読むのだそうです。フリガナつきじゃないとおれには読めない漢字の羅列だ。

年齢は二十四歳。

おれより六歳、年上なんだ。

ちくしょう。名前も格好いい。

童顔にプラスして『広夢』なんて名前の我が身と比較して朝から暗い気持ちになる。

「こっちこそ。なんつーか。車庫のなかでこんなふうに寝ちゃって、すみません」

ぼそぼそとうつむいて言い返す。

「いや。寝せたのはおれだし」

なんだか妙な会話だ。

まぁ会話だけじゃなく状況すべてがヘンなんだけど。

「でも車庫のシャッター開いてて、それでエンジンかかってたら道行く人は——早朝でもいるだろうし。気になって見られたりしてたら……」

言ってて自分で寒くなった。

犬の散歩なんて結構朝早くからしてるよね。

抱きあって車で寝てる近所の男たちってどういう評価を得られるんだろう。

「……朝方にちょっと寒かったからエンジンかけたんだよ。マズかった?」

すまなそうに謝る相手におれはもっとすまない気分になる。

「せめてシャッター閉めていたら、その……」

そうしたら依斐氏《いび》は目を大きく瞠《みは》って、それからドワッと豪快に顔をゆがめて笑った。

なぜ笑う?

「閉めてエンジンかけたら心中だよぉ」

「あ、そうか」

「そう。そう」

そこで苦しそうに咳《せき》をしてうつむいた。

酔いつぶれた後だから——やっぱり気分が悪かったりするんだろうなぁ。

そういえば、と。

「あの依斐さん……」

「匡《まさし》でいいよ」

と言われましても。いきなり名前の呼び捨てなんて、と思いつつ、

「え、とにかく確か昨夜」

おれは飲料水のボトルを買って歩いてたはずだった。

車のなかのどこに飛ばしちゃったんだろうとあたりを見まわす。

ごそごそとアチコチを探り、後部座席の足もとに白いビニール袋を見つける。

「あった。ほら。喉かわいてるでしょう?　飲んでください」

袋を引っ張り出して飲料水のペットボトルを差し出した。

酔いどれの男前はキョトンとした顔でおれの手からボトルを受け取った。

「さんきゅ」

ボトルのキャップをひねって開けて、ゴクゴクとそのまま口をつけて飲んでゆく。

自分で言い出したことだし、別にいいんですが。

その飲みっぷりにおれは呆然となった。

ちったぁ遠慮しろよっ。

そう思いながらもそれを言えないでついついイイ人になってしまうおれと正反対みたいな相手がまぶしくて、そして嫌いだぁ、なんて思う。

だから——腹立ちまじりに言われた通りに相手のことを心のなかでも、口に出しても「匡」って名前で呼び捨ててやろうと決意する。

そんなことで気を晴らそうとするおれって姑息《こそく》だが。

その程度で気が晴れちゃうのもトホホだが。

そんなふうにしておれは——。

胸のふくらんだお嬢さまとではなく、股間をふくらませて、変わり者の男前の匡と、めぐり会ったのだった。

2

なにがなにやらのうちに「一緒に眠ったことのある仲」になったおれと匡は、そのまま適当に挨拶をしあって別れた。

たいして話したこともないうちに相手の体温とか、抱き心地とか、匂いみたいなものを知ってしまうなんて——首を傾《かし》げるはじまり方だと思う。

一応、おれは自分の家がどこかを匡に言った。

匡の家はやはり車庫の隣の家だった。

「後でお礼になんか持ってっから」

と、軽く言われて、

「いいえ。別にそんなのいいですから」

当たり障りのない返事をした。

本当に来るとは思っていなかった。

それきりの、おかしな出来事、だと思っていた。

なのに——。

ピンポ～ン。

その翌日、おれの部屋のドアチャイムが鳴った。

「はいっ」

と大声で応じておれはアパートのドアを開けた。

「いたね。この間はど〜も」

匡だった。

手みやげらしい綺麗《きれい》にラッピングされた箱を持っている。

「はい。これ。ケーキ」

例によって人好きのする笑みを浮かべて、おれの顔を見下ろしている。

身長——百八十センチは超えているなぁ。

「ん？　身長は百八十四センチだよん」

「だよん……って。なんでわかったんだよ」

おれの頭のなかが見えてる？

ひょっとしてエスパー？

「え？　当たってた？　当てずっぽうだけど。へ〜。マジメにおれの身長が知りたかったの〜？　なんで〜？　おれのこと知りたいの？」

「知りたくなんてないっ」

リボンのついた小箱を手渡されて、もらうものをもらいながらもおれは言い返した。

なんだかこいつといるとペースが狂う。

「ね、上がってって一緒にお茶でも飲みましょうって言って」

甘えたようにして匡が言う。

飲みましょうって言って……って、ねぇ。

おねだりされても。

「………」

無言で匡を睨《にら》むようにしていたおれに、

「一緒に寝た仲だろうがよ～。玄関先で追っ払うのはナシだぜ～」

「寝た……って。いや。寝たんだけど」

「入れてくんなきゃ脅迫しちゃうよ～」

「脅迫ぅ？　なんの？」

おれは眉をひそめて応じる。

匡はそんなおれの耳に唇を寄せた。

ひそっと小声で、

「きみのふくらみを、おれの太腿が記憶している」

おれは真っ赤になった。

これが脅迫かい？

血液が逆流したのが自分でもわかった。

頬とか、耳たぶとかが熱くなった。

声って息と一緒になって唇からこぼれるものなんだ。

だからおれの耳を匡の言葉と同時に吐息がふわりとなぶっていった。

その感覚。

羞恥と、怒りとがからみあって血圧が上がる。

「冗談、冗談だって。生理現象だからしゃーないでしょう」

カラカラと笑いながら匡は平気な顔で靴を脱いでおれの部屋に上がりこんだ。

しばし再起不能でかたまっていたおれの横をスルリとすり抜けていく。

「おいっ。こらっ」

「だから、ふくらまないときには心配したり病院行くべきだけど、そんなことなかったんだから別に真っ赤になんなくてもいいと思うよ～」

ひらひらと手を振ってスタスタと上がりこむ。

おれは勝手で強気な侵入者の後を追う。

「若いっていいよね～。きみ、いくつ？」

「十八歳。だけどっ」

「あ、おれね～、コーヒーよりケーキには紅茶がいいなぁ～」

「なに勝手なことをっ」

「おれが紅茶をいれてやってもいいよん」

「なんでそんなこと……」

「だって——お客さんがまた来てるから。応対しといで？」

「へ？」

匡が指し示した方を見る。

開けはなしたままの玄関のドアからヒョコリとシワクチャの顔がのぞいていた。

「おジャマしたかね。大家さん」

「お……大家？」

年齢不詳——年寄りってみんな「年取ってます」以上の年齢がわかんないのはおれだけだろうか。

ちっちゃく縮んだばーさんがおれと匡のやり取りを廊下から見ていた。

白髪をひっつめて結って、着物をきっちりと着込んでいる。

そんな天然記念物に指定したいほどに「ばーさん」な見た目の「ばーさん」がおれに向かって口を開いた。

「あんたここのアパートの大家さんだろう」

きっぱり。

妙に自信を持ってばーさんが断定する。

「はい？」

「そうだよねぇ。だってアパートの一階の、道路に面した部屋ってのは大家さんの部屋に決まっているものね。昔から」

いつの昔からそのような取り決めがなされていたのだろうか。

などと問いかけるひまもなく、

「町内会費は三ヵ月にいっぺん徴集で、月四百円だからね。はい。これが領収印を押す紙だからね。印鑑は三文判でもいいから。あんた名字は？」

「え？　名字？　誰の？」

「な～に言っちゃってんだろうね。大家さんの名字だよ。あんたの」

「あ？　おれは真島ですけど」

「そう。真島さんね」

ばーさんは青いファイルを開いて、

「ま、じ、ま、と。真実の真に、島だね？」

おれの部屋に表札がわりにペタリと貼ってあった紙きれを見上げておれの名前を名簿らしきものに記入した。

おれは自分の名前を答えたことで自動的にこのアパートの大家としてこのばーさんに認識さ

れてしまったようだった。

と気づいたのはその数十秒後のことである。

「あの……おばーさん、おれはっ」

おれは狭い部屋のなかをズダダッと玄関まで突っ切った。

もちろん誤解を解いてくためにである。

「町内会の会合は毎月、五日の夜七時からだから。むこうの鈴見《すずみ》町会館でやってるからね。来るようにね。大家さん。鈴見町会館の場所は知ってるのかい？」

ズイッと下からすくい上げるようにしてばーさんがおれの顔を見る。

年寄りとはこういう顔であろう、というモデルケースそのものの顔をしたばーさんである。

迫力があって、小柄なのにシャキシャキしていて、有無を言わせずに要求を押し通すパワーに溢《あふ》れている。

おれはとりあえずブンブンと顔を横に振った。

鈴見町会館の所在地を知らなかったので。

「そうかい。……あ、そこのお兄ちゃん。あんた依斐さんだろ」

ばーさんは玄関から丸見えのすぐ脇にある台所でいそいそとヤカンに水を注いでいる匡に視線を転じて声をかけた。

「はい？　なんすか？　シンドーさん？」

ふ〜ん。

このばーさん、シンドーさん、っつー名前なんだ。

匡がニコッと笑って応じた台詞でばーさんの名前を知る。

ばーさんが小脇に抱えた青いファイルの表紙にはよく見ると『新藤《しんどう》』とホワイトペンで記入されていた。

そんなものにまで名前を書き込むぐらい几帳面《きちょうめん》な人なのか。

「依斐さん、この大家さんに町内のこと教えてやって欲しいもんだね。まず鈴見町会館の場所だね。それからいろいろな行事のこと。もちろんゴミ収集所の清掃なんかも大家さんが責任取ってくれないとね。アパートの人はね、こう言っちゃなんだけどそういうとこがルーズだから」

「ええ。おれに出来ることでしたら」

ヤカンを火にかけながら匡が返す。

「そうだね。依斐さんは年も近いし。仲もいいようだしね。ま、いろいろと頼みますよ」

「まっかしてくださ〜い」

ドンッと胸を叩《たた》いて匡が言う。

おれという存在を無視して話が成立している。

だいたいおれは大家じゃないっつーのっ。

「新藤さん。ちょっと……おれはですねぇ」

言いかけたのと同タイミングで匡の腕がおれの肩にかかった。

ひょいっと肩を組まれて、強引に匡の腕にからめとられる。

「後の説明はまかしといてください。おれが面倒みちゃいますから。ゴミ収集所のことも、町内会費と会合のことも、救急養護団体の募金とか、夏のプールの監視員まで。そりゃあもう丁寧にやさしく」

「じゃ、たのんだよ」

「待ってくださいっ」

おれをあいだにはさんでの、おれの意思を完璧に無視している二人の会話におれも必死になって割り込んだ。

「だいたいおれはこの人と仲がいいわけじゃないし。そんな面倒をみてもらっても」

「な~に言ってんだい。車で抱きあって寝てたろ。あんたたち」

新藤さんは平然として爆弾発言をかました。

「うっ」

おれは言葉につまる。

すでに近所の年寄りにそんな光景を噂《うわさ》されている身になっているのだろうか。

指摘されたことは事実だ。

事実だが。しかし。

新藤さんに向きあおうとしたおれは、おれの動きにあわせてポジションを変えた匡に背後から覆いかぶさるようにして抱きつかれる。

背中が温かくなって、おれの胸の前で交差された匡の腕がやわらかく身体に触れて——なんでこんなポーズをとるんだよ。この男は。

肩の上に顎を載せて、おれの頰に自分の頰を押しつけるみたいにして。

恋人同士の熱愛宣言並みのくっつきようじゃないか。

「それともなにかい？　真島の大家さんは仲がよくもない男とでも行きずりで交合するそういうお人なわけかい？」

交合する——と申しますと。

辞書を引いて調べてみてからご返答をしてもよろしいでしょうか。

なんてことを言いたくなりました。

ですが気のせいでなければそれって……。

——セックスしている——

みたいな意図でご使用になられておりませんでしょうか？

「イヤ〜。まさかそんなタダレた人じゃないっすよ〜。今どき珍しい身持ちの固い青年ですから。おれも、この人も」

頭のなかでいろいろなことを考えたまま口の動かない状態だったおれの代わりに匡が答えた。

それもまた誤解を招く発言では？

わざとか？

こいつはわざとこんなふうに言っててんのかぁ？

しかもおれを抱く腕にさらに力が込められ、おれは羽交い締めされて匡の両腕から逃れられなくなっている。

「やめてくれぇ〜っ」

ズガンッ。

腕をめいっぱい振りまわして匡からの脱出をはかる。

近所のばーさんの目前で男にハグされて、そこから必死に逃れようと暴れるおれ、的な醜態をさらしてしまうことになるが。

このまま抵抗しないのもとんでもない噂のタネになってしまう危惧を覚えて。

なのに——。

「あ……お湯が沸いた」

匡はつぶやいて、ふいっと顔を横に向けて、おれの身体をあっけなく放したのだった。

ばーさんがシワだらけの顔にさらにシワを増やして、おれを見つめていた。

眉間のシワは困惑の印だろう。

口もとのシワは苦笑を噛《か》み殺しているのだろう。

「日本には古来から衆道《しゅどう》という風習があってね」

新藤さんは「ふ〜っ」と嘆息してから、そんな謎の言葉を吐いた。

シュドーって？

後で辞書を引いてから考えよう。

「近所迷惑にならん程度にね」

さらに追い打ちの謎の言葉をくっつけてから、新藤さんは玄関脇の靴箱の上にA４の大きさの茶封筒を置いて、

「これにいろいろとはいってるから。後で読んでおくように。頼みますよ。大家さん」

ですから大家ではないんです〜。

と言うヒマもおれに与えずに、年寄りなのに信じられないほど軽い身のこなしで玄関から出て行った。

まるでおれたちから逃げ出すように——というのは気のせいだろうか。

パタンとドアが閉められる。

「なんだよ」

おれは疲れきって、つぶやいた。

幽体離脱してしまったような気分だった。

魂が抜けて、はるか虚空から「おれ自身」の今の事態をぼんやり、どんよりと見下ろしているような有様だった。

新しい環境に思い入れて格好よくなろうと力こぶを作って地方から出て来たとたんに、男と車で抱きあって眠るわ、その局面を近所の人に目撃されてるわ、バリバリの店子《たなこ》だっつーのに居住者六名さまなりのアパートの大家の仕事をなんのメリットもなしで押しつけられるわ……目眩《めまい》がする。

おれは立ったまま気絶していた。

「ふっ……」

ふいうちで耳の後ろに息を吹きかけられる。

ぞくっと背筋をなにかが駆け抜けていった。

ひょっとしたら身体から離れかけていたおれの魂が耳からはいって、背中を走っていったのかもしれない。

なんともいえない快感も込みで——。

「な、わけはないだろーがっ」

自分のボケに自分で大声で突っ込んで、おれの耳たぶを次はパクンと唇でくわえたエロ男にゲンコツをくらわそうと大きく振りかぶった。

シュッと風をきっておれの拳がヒットする。

予定だったのですが。

風をきった、だけ。

「あん？　なにが？」

がしっとおれのゲンコツを大きな手のひらでミットして、そのままぎゅうっと握りしめながら匡が問い返してくる。

「なにが……ってなぁ。なにがって。おれの魂を返せ～」

匡は「へ？」と首を傾げて、物問いたげな表情でおれに顔を寄せてきた。

「うげっ。顔、寄せるな」

キスする直前みたいにして近づけてくる匡の顔を握られていない側の手で押しのける。

なんだかバカバカしくって、情けなくって、涙出てきそうだよ～。

おれの素敵で明るい青春の幕開けはどこへ消えてしまったんだ。

どこでおれは計画を間違えてしまったんだ。

「おれって真島くんの魂を奪ってしまったの？」

甘い眼差《まなざ》しに、甘い声で。

おれの目をのぞき込むようにしてお互いの唇の距離、一センチ前後ってな状態で匡に問われて、おれは自分の言語能力というか、言葉の選択ミスについて我が身を呪った。

昔っから『広夢クンは天然ボケだよね～』って言われつづけてきたけれど。

「奪ってないよ～。奪われてないよ～」

おれはガクンと脱力した。

正真正銘、膝から力が抜けた。

「おっと」

くたりと座り込みかけたおれの腕をつかんで、匡が目を丸くしている。

おれが床に座り込んだのにあわせて体軀《たいく》を低く沈ませた匡が、おもしろそうに、かつ意地悪そうにクックッと声を出して笑った。

「おもしろいなぁ～。きみは」

そうでしょうとも。

匡の発言におれも心中深く同意してしまった。

おれだってこれが他人だったら「おもしろい奴だな」って思うよ。

「ところで紅茶、はいったよ。ケンジくん」

「ケンジって誰だよ？」

「きみの名前でしょ？」

「おれはケンジじゃないよ。広夢だよっ」

「ヒロムっていうんだ。ふ～ん。で、ヒロム、それってどんな字？」

「広い、狭いの、広に、夢」

と答えながら、おれは思った。

真っ正面から「名前は？」って聞かれたらきっとおれは答えなかっただろう。

動揺していたのと、腹が立ってたから。

だけどどうやら妙な誘導尋問にひっかかって名乗ってしまった。

その件についても、動揺していたのと腹が立ってたからだ。

そうじゃなきゃもっと体《てい》よくかわしていたと思う。

虚《うつ》ろに笑い出したおれに匡は手を差しのべた。

座ってしまったおれを立ち上がらせてくれようとしているらしい。

「大家さん。助けてあげるからね。これから陰となって、いくらでも。だから大家の重責につぶされてないで立ちたまえ」

「おれが座り込んじゃったのはそれじゃなく」

……いいや。その問題もありました。

近所にゲイ疑惑をかけられているらしい問題。アパートの大家と誤認されて町内会活動をしなければならない問題。

数々の難問がいきなりおれの前に山積みになってしまった。

昨日から、今日へのこの二日間だけで。

「本当に。おれで手伝えることなら手伝うよ」

それでも――。

匡の手を握り返してしまった理由ってなんだろう。

やさしい声で、言い方で、笑い顔だったから。

誘蛾灯《ゆうがとう》に吸い寄せられる蛾のごとく。

おれは匡の手を取って、そして立ち上がった。

人間関係に分岐点というものがあるのなら、まさにこの瞬間がおれにとってのそれだったんだろう。

知っていて、匡の手を握りしめた。

流されたわけじゃない。

おれは自分で選んで匡の手を取ったのだった。


おれの部屋にはまだテーブルとかそういうものがセッティングされていない。

狭いっていうのもあるし、家事が不得意なおれが家で調理して食事する確率は低いなぁって判断により買っていなかったのだ。

だから八畳一間にしては広く見えると思う。

ベッドじゃなく布団で寝ることになっていて、布団はちゃんと押し入れにしまいこんでいるので家具と呼べるものがほとんどない状態である。

「うちにコタツ余ってるからあげようか？」

匡がふいに言う。

二人してペタリとフローリングの床に座り、トレーをテーブル代わりに使用しているこの現状を見ての親切な申し入れだった。

「うん。そのうち」

とりあえずそれだけ答える。

匡が自分であちこちをひっくり返して紅茶のティーバッグをきちんと探しあてて、カップもポットも探し出していれてくれたお茶はおれが一人でいれて飲むものよりおいしかった。

床に直《じか》に置いたトレーをはさんで向かいあって座っている相手をぼんやりと見る。

昨日まではまったくの他人だった相手なのに今は胡座《あぐら》をかいて一緒に部屋でケーキを食べている。

「あのさ。どうしておれに聞きもしないでいろんなもの探せたんだよ？」

「あん？」

「紅茶とか、ポットとか。皿とか」

人の家の台所からおれに尋ねもしないでなにもかもを取り出してみせた相手に質問をする。

真面目に不思議だった。

「別に」

「別にって」

チーズケーキにかぶりつきながら、おれは口をモゴモゴとさせて追及をつづける。

「こーゆーのって置いてある場所ってほとんど決まってるもんでしょ？　流しのとこの作りつけの棚のなかとか、冷蔵庫の横の食器棚。冷蔵庫の上。適当に」

「そんなもんか」

教えてもらうと本当にたいしたことのない事実だった。

日頃、家事をしていないから深く考えなかったけれど、そういえば紅茶のティーバッグを洗濯機の脇にしまったり、ポットを靴箱のなかに入れたりはしないわな。

「ところで広夢さぁ」

いそいそとおれのカップに紅茶の残りをポットから注ぎながら匡が尋ねてきた。

「なんで大家なんてやってんの？」

おれはブーッと紅茶を吹き出した。

「お、おれは大家じゃない」

「じゃあなんで新藤のばーさんの言いなりになってたわけ？」

「それは——間違いを訂正するヒマがなかったから」

今度は匡が吹き出した。

肩を震わせて笑っている。

「なんだよ」

「だってヒマだったらいっぱいあったじゃんか〜」

「なかったんだよ。おれには」

頭のなかや心のなかはマグマのように熱くて沸騰してても、それがみんな外側に出現するかっていうとおれの場合は否なのだ。

かえってものすごく煮えたぎってしまう内面のせいで、外側はことごとくタイミングをはずしてずれまくっているというパターンが多い。

「そりゃあすまなかったなぁ。マジメに大家だと信じてたから口出ししなかったけど。だったら言ってあげたらよかったなぁ。おれ」

ニコニコ笑っているけれど本気なんだろうか。

「今からでも訂正してくれてもいいけど？」

「無理だよ。新藤のばーさんは一度、広夢を大家だと思ってしまったら、間違ってても、間違いだってわかったとしてももう今さらそれを取り消さないね。だって大家がいてくれた方がラクなんだしさ。いろいろと」

「ああ、そう」

がっくしと肩を落とす。

「新藤のばーさんは町内で有名な押しの強いばーさんなんだよね。だから目をつけられないようにした方がいいよ。悪い人じゃないけど、いっぺん睨まれたらとんでもないことしてくるって噂だし」

「とんでもないことって？」

「たとえばおれたちが恋人同士だって噂を流すとか」

「……………」

「あと広夢の実家にもそういう類のことをわざわざ教えたり、さ」

「おれの実家？」

「やっぱり普通は抵抗あるでしょ？　ゲイ」

さらりと匡がなんということのない口調で言う。

ということは匡は「違う」のだろうか。

それとも「そう」なのだろうか。

一緒に寝たけど。というのはちと語弊があるがとにかく抱きあって眠った。それで今は一緒にお茶してるけど。ここんとこの感じからいって匡はスキンシップの多い男みたいだ。それがおれに対してどういう意図でやってるかは――謎だな。

でもこれだけイイ男なんだし、別におれなんて相手にしなくてもつきあってくれる女の子はいるだろうなぁ。

急展開すぎてため息が出た。

それをどう受け取ったのか匡が、

「まぁ。ゴミ出しをちゃんとするとか、そういうことを常識的にしてたらそれでいいからさ。気にすんなよ」

「気になるよ」

おれは、ひとりごちる。

「冠婚葬祭が面倒くさいってのと同じ感覚で、大家なんて仕事、わけわかんないし、やりたくないよ。町内会活動なんて、わたしの知らないオトナの世界・知りたくもないオトナの世界、だよ。なんでそんなものに混ぜ込まれちゃうんだろう」

「だいじょうぶだよ。おれがちゃんと本当に手伝うからさぁ」

「手伝ってくれんの?」

ぽーっと応じる。

胡座をかいた腿に肘をついて、身を乗り出して匡を見返す。

「匡って仕事、なに?」

「スナックっつーにはもちっと広くて、クラブっつーには田舎くさい、そんなパブでウェイターその他の雑用」

「夜の商売？」

「そう。で、広夢は？」

なにげに呼び捨てがお互いに定着してしまっている。

「大学生。Ｈ大」

「おおっ。頭いいじゃん」

「頭は悪い。大きなプライド小さな脳味噌《のうみそ》なの」

本当に。

おれの場合は小さな脳味噌を大きな夢とプライドでもって底上げして頑張って受験したんだもの。

そのあげくに春、四月――。

いきなりの「こんな境遇」か。

「な～にをおっしゃいますやら」

匡が笑って、手をのばしておれの唇に指で触れた。

「なっ」

硬直するおれの口もとからケーキの食べこぼしを拭い取る。

返事をせずに指先についたそれをおれに示して、そしてそのまま指をパクンとくわえた。

3

「なぁ〜。町内会費ってどーやって集めるんだ？　知ってる？」

大家になってしまった翌日、おれは大学の学食で入学してすぐ知りあいになった男をとっつかまえて尋ねてみた。

H大学というのは無意味に広い。

創始者の像を北12条《きたじゅうにじょう》駅サイドに置いてロータリーを目印にして、一番、駅近くにあるのが農学部――そこから地下鉄の駅の三つぶんを南北に縦長に広がっている。

反対の端はポツリとはずれて獣医学部。そこから道をひとつ渡って、おれが今所属している『教育部』の学食がある。

朝定《あさてい》という、早朝にのみメニューに加わる安くてボリュームのある食事を取りながら、向かいに座った野宮《のみや》に事情を訴える。

野宮とははじめての講義のときに席が隣になった。

向こうからあれこれと話しかけてきて、それで顔をあわせれば二言、三言、会話をかわすようになっていた。

スポーツやってましたな体育会系の見た目で、ガタイで、しゃっきりとしたショートヘアとごつい顎を持つ声と態度のでかい男である。

関西訛《なま》りがあって親しみやすいノリの男だった。

居眠りから覚めたばかりの熊みたいな容貌と雰囲気をしている。

黙っていたらキリリとした二枚目で通るだろうに、一重の切れ長の目がいつも微笑《ほほえ》んでいるせいで眠たげな熊のように見える。

怒らせたなら怖いような巨体だが、怒らせること自体が力ワザかも……な穏やかな精神の持ち主らしいことをこの数日でおれは見抜いていた。

「町内会費?」

野宮は「は?」という疑問符のついた目をして、顔をして、おれを見返した。

よっぽど素っ頓狂なことを昨今のおれはしているのか。

そしてまたおれ自身も「こういう顔」をして絶対に匡のことを見返していたはずだ。

まぁ——そんなことは別にいいですが。

「おれさ、大家っていうことにされちゃったんだよね」

「真島が?　なんで?」

「なんか誤解されて」

「どんな?」

そこでおれはハタと考え込む。

どこから話せば伝わるのか。

夜道で男を拾って一緒に寝たところから、か？

「う〜む」

呻吟《しんぎん》しだしたおれに、野宮は、

「別に話さんでもエエわ」

箸をふいっと横に流しておれの定食の漬け物を取った。

「あ、野宮っ」

いいけどおれの囓《かじ》りかけのキュウリの漬け物だぜ。

アッというまにキュウリは野宮の口のなかである。

パリパリと小気味いい音をたてて嚙み砕いて飲み込んだ。

「男がそんなんチビチビ食うとるほーがおかしいわ。バーッと一口で食えよ。見てて胸つまるわ」

「そりゃあ、食いかけで小皿に置いたおれが悪いかもだけど」

反省しかけて、ふと思う。

そうか？

チビチビ食べてなんか迷惑かけたか？

どんな食べ方しててもおれの勝手と違うか？

「す〜ぐそうやって納得しかけて、その後で腹んなかで怒っとるし。内側で煮えたっといて外側はエエ人って気持ち悪ぅないか?」

漬け物のキュウリの話から話題が飛んだ。

しかも結構鋭いところをついた。

「ぐさっとくること言うな〜」

「聞かんでもわかるわ。なんかその性格のまんま、誰かにハマッて、自分でもどーもならんくなって、そいで大家になったんやろ?」

「うん」

面倒くさそうにして野宮は指先で自分の頭をカリカリと掻《か》き、

「可愛《かわ》ええなぁ。真島」

「は?」

「おまえ女やったら結構エエ線いった小悪魔ちゃんになれんのになぁ。顔もイケてるし、性質そのまんまで充分に男心くすぐっとんで」

「ど〜こ〜が〜?」

おれは低くうなった。

箸をブンブン振りながら野宮が力説する。

「バランス悪いとこがな。おまえ目ぇ可愛いけど、口もときつい。性格めっちゃきついくせして人当たりは柔らか～くて、天然やん。しっかりしてそうで、ドジやん」

「だからそれのどこが男心をくすぐって」

「あ、間違えた。男心じゃなくて、おれ心をくすぐっとんねやな」

ポンッと両手を打って、野宮が一人で納得して会話にオチをつけた。

「おれ心ってなんじゃ、それはっ」

突っ込んだおれに野宮は肩をわずかにすくめて見せた。

そしてそそくさとプラスティックの容器をかき込んでトレーに載せながら、

「他の男の心はようわからんけどな。おれはおまえにちょっと惚れとる」

「それって」

「おれ、ゲイやねん。や～、しゃーわせやなぁ。こんな海越えた遠い地で、おれは好みの男とめぐり会《お》うてしもてん。顔もめちゃ好みやけど話せば話すぶん、からめばからむぶん、真島っておれの好みやねんもん。ゲイやっとってよかったわぁ」

「よかったって……そんなんアリか。野宮っ」

早朝なのでだだっ広い学食に見知った人影がいないのが幸いといえば幸いだった。

長四角のテーブルについているのはおれたち二人だけで、後は遠くの方にポツリ、ポツリと部活の朝練から流れてきたらしい集団がワイワイやっている程度だ。

おれたちの会話を聞いていている人間はいない。

「せやかておれが女好きやったら、おまえみたいな好みのタイプに会うことないかも、やもん。好みのタイプを前にするとつくづく男が好きでよかったと神さまに感謝やなぁ。おれ」

「なんか、ヘン」

論理的になにかがおかしい気がするが、どこがどうとは指摘出来ない。

「気持ち悪ぅ〜思うたら避けてくれてええよ。こっちの勝手な思い込みで趣味やし。そんでも好きになる相手、誰もおらへんで生きてくよりは幸せや思うとるわけですわ。そんなおれの必死のカミングアウトやから、せめて友情はつづけて欲しい思うけどな」

「野宮?」

頭がグルグルしかかっている。

「青春の想い出。間接キス、ごっそさん」

ぼぉっと野宮の顔を見るおれに、野宮はそう言って、ニヤッと笑ってトレーを持って立ち去った。

キュウリの漬け物の間接キスってなぁ。

おまえの青春、まったくロマンティックじゃないぞ〜?

という感想が一瞬にして浮かんだが。

もっと他に憤ったり、考えたりすることはある。はず。だった。

でも——。

昨日から、おれはモヤモヤとしてばかりだ。

考えられる許容量を超えて思考が止まった。


朝定を食べて悟りを開いたおれはその日の講義を淡々と消化した。

教育部っていうのは別に先生になる学部ではなくて、たとえば昆虫でいえば幼虫期みたいなものだ。

幼虫の今はむしゃむしゃと講義を消化しまくって栄養を蓄えておく。

H大は広く浅く学んで単位を取ってから後、二年の中期に「学部移行」でそれぞれの適性や学力に応じた学部に振り分けられるシステムを取っている。

時期としてはそのへんが蛹《さなぎ》になる。

おれは教育部の、理系で、野宮も同じ。

だから当然、今日の残りの講義も同じものが多いはずなのにその後、会えなかった。

軽い口調で言っていたけれど、決死の覚悟だったのかもしれない。

突然にそんな告白をしようと思い切った野宮と、野宮にそんなことをさせようとした運命というものに思いを馳《は》せてしまった。

そうやって講義を午後まで真面目に受けてから、夕刻、地下鉄とバスの乗り換えでアパートに着いた。

おれのアパートは学校から遠い。

途中に匡の家がある。

車庫のシャッターが閉まっている。

二階建ての一軒家である。

ペットの猫がイタズラをするのでアパートやマンションは諦めて中古の家を購入したのだそうだ。

『この若さで住宅ローン持ちなんだよん』

おれは昨日、遊びに来てね、という台詞と込みで語られた匡の暮らしぶりを思い返して反すうする。

庭は芝生が張ってあってプランターが並んでいて、パッと見は小綺麗でとても独身男の一人住まいには見えない。

『外側だけはご近所づきあいの手前、ちゃんとしてるけど。中身はすごいよ。独身男性のモデルハウスってぐらい汚い』

とは昨日の匡の弁である。

まだ出勤前かな。それとももう車に乗って出かけたのかな。

「いつでも遊びに来いって言ってたし」

玄関の前で歩行停止。

「結局、町内会費ってどーやって集めるかがわかんないままだし。質問したら教えてくれるんだよな。なんでも手伝うって言ってたし」

クルリと方向転換して移動、前に進め。

おれはゴクンと唾を飲み込んでチャイムを押した。

「ふは〜い」

ドアがガチャと開いて歯ブラシをくわえたボーボーのヘアスタイルの匡が出て来た。

だらしなく襟首ののびたTシャツに、ウエストの紐《ひも》でもってサイズを調節するだふっとした派手柄のカジュアルパンツというスタイルで、

「あひゃ、ほぉひふぁの」

「なんだって?」

挨拶とか、そんなものをすっ飛ばして眉間にシワを寄せてしまったおれである。

なにを言ってるかまったくわからない。

匡は口から歯ブラシをはずして、

「どしたの?」

白い歯磨き粉の泡を顔のあちこちにつけて、寝起きそのもののしまりのない顔でもって目を

パチクリさせている。

来ちゃいけなかったのかな、と一瞬思ったところで、

「ま、はいったら?」

再び口のなかに歯ブラシを突っ込んでシャカシャカと軽快な音をたてて磨きながら、匡はおれを玄関から家へと招き入れる。

おれが靴を脱ぐのに手こずっているあいだに匡はどんどん室内にはいっていき、ガラガラガラというがいの音が聞こえた。

歯を磨き終えたらしい。

玄関から居間へとつづくドアは半端に数センチだけ開いたままで、雑然とした室内の様子が切り取られた細長いピザのようにして見えた。

雑多な色合いのトッピングをほどこしたポップなピザのようだった。

汚いなぁ……。ほんのわずかな隙間だけでそう思う。

カーペットの代わりに新聞紙が敷いてあるのはどういう理由だろう。

「ちょーどよかったよ。ついさっき、新藤のばーさんが大家さんに伝言しといてくれってうちに寄ってってさぁ」

「おれに伝言?」

大家さんに伝言、で——おれのことだと思うほどにもう自分の仕事だと認識してしまってい

るらしい、おれのこの順応力のスピードってなんだろうね。

「そう。広夢に伝言」

おれが感じたのと同じ疑問とおかしさを感じたのか、匡はフッと小さく笑っていた。

狭い隙間ごしに微笑む横顔がのぞく。

靴紐がしつこくからまってついているヘビーな靴をやっと脱いで上がり、ドアを開けた。

「なんだよ。これ」

おれは呆気《あっけ》に取られた。

汚いという枠組みを超えていた。

人の住居とは思えないのである。

猫の数はとりあえず十匹ぐらいはいるかな?

新聞紙が敷きつめられていて猫たちは粗相のしほうだいのようで、カリントウのようなウ〇コが転がっているし、臭いはすごいし。

ソファはあるけれど猫の爪とぎ専用っぽくて布が剝がれ落ちて中身が露出している。

カーテンはまるでジャングルのようにズタボロで垂れ下がり、一種、前衛芸術っぽくも見える。

動物園の檻《おり》のなかにカーテンと家具をしつらえたらこういう実態と臭いでしょうか、といったものすごさである。

「ここに住んでんのか？」

立ちすくんでしまったおれに、匡がへっちゃらな顔つきで応じる。

「住んでるよ。っつーか、まぁおれが主に寝起きしてんのは二階だけど」

んな～ご。

クリンとした目をして、小さな舌をひらめかせて、猫が一匹、匡の足にまとわりついている。

白地に黒いブチのあるひょうきんな顔つきの猫だった。

シッポが短くて、丸い。

「ん？　飯、やったじゃん？　出かけられると寂しいの？」

匡は腰を屈めて足下の猫を拾い上げて胸もとに抱きながら小声で話しかけている。

茶色のパサパサの髪がふわりと前に流れて、横顔に影を作る。

猫と語りあうやさしい口調と、伏せたまぶたが妙に寂しげに見えるのはどうしてだろう。

洒落た雑誌に載っているような間取りの広い家なんだよね。

おれだったら一人でここで暮らすのは寂しいと思うような。

狭いアパートでさえ広く感じる夜があるのに、こんな二階建ての一軒家で一人きりは辛《つら》い。

だからこんなに猫がいるのかなぁ。

匡はいつも猫にやさしく話しかけているのかなぁ。

『だって一人だと寂しいから』

はじめて会った夜、匡の言った言葉の意味が胸に染みた。

今まで親兄弟と仲良く暮らしていたおれにとっては「冒険じゃん」な一人暮らし。それでもちょっと静かすぎてたまんないな～なんて思うことのある甘えた野郎のおれには、匡のこの家の様子は痛んで染みた。

匡にとってはどうでもいいことなのかもしれないけど。

慣れっこっなのかもしれない。それでも。

「そこ。踏むなよ」

指摘されて足下を見下ろす。

なんだかよくわからない汚物を発見。

おそるおそるそこを跳び越える。

「あ、そっちも」

「うひゃっ」

「うわっ。こっちにもなんかあるっ」

ピョコン、ピョコンと跳ねながら歩いていると、匡がゲラゲラと声を出して笑っていた。

よっぽどヘンな格好なのかな。

「よくこんなとこ転ばずに歩いてるよね。毎日」

「慣れだよ」

そうかなぁ？

原則的に粗忽者《そこつ》というか、記憶のないアザを身体に作ることの多いおれはこれだけの障害物をものともせずにスイスイ歩ける匡を尊敬するね。

居間からはカウンターで仕切られたキッチンが見える。

どうにか歩いてやっとカウンターに到着する。

カウンターの上には枯れた花が飾られたままの花瓶が載っていた。

ドライフラワーではなく、生の花が花瓶に挿《さ》されたままで枯れ果ててしまったもののようだ。

まだ時季が早いから咲いてはいなかったけれど外の庭は手入れされていて綺麗だった。そんな外まわりとは雲泥の差である。

くしゃくしゃになって色の落ちた薔薇《ばら》の花弁。茶色く変色した葉っぱ。

葉の一枚にそっと触るとカサッと音をたてて形が崩れた。

外は綺麗なのに――家の内部はボロボロで。

「枯れた花なんて飾るなよ」

ポツンと声に出してしまった。

けれどおれの独白は匡に聞こえなかったようだ。

誰にもらった花なのだろう。自分で買った花なのかな。

飾ったまま、花瓶に挿したままで枯らしてしまうなんて寂しすぎる。

そう思ったとたんに――。

鼻の奥がツンとなるような気持ちを覚えた。

台所のステンレスにはどこもかしこも、猫の足形がスタンプされている。

流しに溜《た》められた水をチロチロと嘗《な》めている猫と目があう。

シッポの長い、茶色のトラ猫だ。

小柄で、細身で、そして目の縁に真っ黒いラインが化粧しているようにはいっていて、ハシバミ色の瞳が宝石みたいに光っている。

とがった顎と、ツンとした顔つきと、イタズラっぽい目つきが誰かに似ている。

上品で、綺麗で、すばしこくて、やんちゃな猫。

「そいつ。美人でしょ？　チャランっつーの。名前」

匡がブチ猫を抱いたままおれの側に立ち、

「誰かに似てるだろ？」

「うん。似てる」

匡に似てる……と思って答えようとしたら、

「広夢に似てるよね」

「え？　どこが？」

驚いて見返すと、

「黙ってたら美人さんなのに、ドジなとこ」

「んだよっ。それ」

言い返す声が不様にひっくり返ってかすれている。

「そいつが猫んなかで一番やさしいんだ。おれになついて」

抱かれていた猫が「うにゃん」と小さく鳴いて、身じろいだ。

身体をくねらせて匡の手から逃れて床へと飛び降りる。

話題にされていたキッチンのトラ縞《じま》の猫は気むずかしい顔をしておれたちの様子をうかがってから、ふいっと横を向いて何事もなかったかのようにして毛づくろいをはじめた。

丁寧に、丹念に、自分の手足を嘗めている。

ピチャン、と音をたてて水道の蛇口から水滴が落ちる。

おれの気持ちもその光景と同じだった。

グラスになみなみと注いであった水面に最後の一滴がポトリと落とされた。

そんな具合にして匡の言葉がおれの内側に落ちた。

緊張して、こぼれないように張りつめていた表面が、ふわりとゆがんで水紋を作って——。

おれは匡に引きつけられた。

彼のことを知りたいと思ってしまった。

「新藤のばーさんがさぁ、救急養護団体の講習会に行って来てくれって言ってた」

自分の先刻の一言がおれにどんな効果をもたらしたかを気づいてもいないだろう匡は、無精ったらしく片腕をシャツから引き抜きながら新藤さんからの言づてを話しはじめた。

「ここの町内の学区の小学校でさ、夏に日曜開放プールってのやるわけよ。日曜と、あと夏休みにも。それの監視員に人手が足りないから毎年、何人か町内の人間がかり出されてんだけど。今年は年も若いし、広夢がやれって新藤のばーさんが」

脱いだシャツを残骸化しているソファに放り投げ、半裸のままで足を組んでソファのアームの上に座る。

「聞いてんの？　広夢？」

「うん」

「そんならいーけどさ。プールの監視員ってなにやるか知ってる？」

「うん」

プールサイドの高い場所に座って泳いでいる人たちを監視しているのが、たぶん「それ」なんだろうと見当をつけてうなずく。

「監視員っていってもたいしてなにもしないんだけどさ。なんせ小学校の開放プールだから子供しか来ないじゃんか。それで事故があっては大変ってことで、監視員の役目を仰せつかった人間はちゃんと救急養護団体の救急講習を受講して、心臓マッサージとか、人工呼吸の方法とか習ってこなきゃなんないんだって。受講出来る？」

「うん」

「場所や時間はおれが代わって聞いておいたんだけどさ。おれも広夢につきあって一緒に講習に行ってこいって新藤のばーさんがしつこく言うしさ。おれも一緒に行っていい?」

「うん」

「見惚れてんの?　おれのストリップに」

「うん」

会話の流れにつられてうなずいてから、

「う……ううん」

慌てて首を左右に振った。

匡はふにゃっとくずれた笑い顔を見せた。

呆《あき》れているのかもしれない。

「相手してたいんだけどさ、おれはこれから仕事なんすよ。着替えてくっから」

匡が立ち上がって「うん」とのびをした。

二の腕から肩、胸のあたりの筋肉が動作にあわせてしなやかに動く。

上に引っ張られてピンッとしなった脇腹とか、脇毛とか、縦長にのびた臍《へそ》とか、およそ色っぽいという言葉とは縁のないはずの部分に引きつけられて目が離せなくなる。

同性なのに。

ダンサーのような軽いステップで部屋を横切る匡の姿態に視線を引きずられる。

真っ赤になった顔のままで熱く見つめているおれって、とてもヤバイしろものではなかろうか。

意識して視線を転じて、見ないふりをして心を平静に保とうとする。

それにしても綺麗な歩き方だなぁ。

つま先立って歩かないと汚物を踏んでしまうような室内のせいで必然的に匡は洗練されたシャープな身のこなしになったのだろうか。

謎だ。

「あ……プールの監視は七月なんだけどさ。救急養護団体の講習会の日時、いきなり来週なんだよね。ちょっと遠めの小学校で平日、教室を借りてやるんだってさ。一緒に行くならおれの車に乗ってくだろ？　後で細かいこと連絡するから。適当に広夢の部屋に行ってもいい？」

「うん。いいよ。了解」

これ以上この場にいても邪魔になるんだろうなぁと、

「じゃ、おれもう帰る」

引き留めてもらいたい気分はあったけれど、そう告げて足を前に踏み出した。

匡と違って、おっかなびっくりに、床を凝視しながらのスタイルで。

「うん。それじゃ、またな」

明るく言われて少しだけ悲しくなった。

けれど今はそれどころではなく床上の未確認置き去り物体に神経を集中させなくちゃ、おれは無事に外に出て行けなかろう。

ピョン、ピョンッと飛びはねながら玄関まで進む。

腕を組んで立ち、顔の下半分を片方の手のひらで覆ってニヤニヤ笑いながら匡が、

「ゴールだよん。子鹿ちゃん」

「子鹿っていったい」

とたんに。

玄関ホールの間際で、匡がおれの身体に腕をかけてぐいっと引っ張った。

つんのめって、匡の裸の胸に顔を押しつける。

うわっ。

マズイっつーのっ。この状態はっ。

「子鹿ちゃんみたいな跳ね方してて可愛かったからさ。つい」

息が出来なくなって胸がつまった。

ドキドキいう自分の鼓動だけが耳に大きく響いた。

「からかってんの?」

顔を上げて匡に尋ねる。

「からかってもいいの？」

うすく笑いながら匡が答えた。

その台詞の意味を考えようとする間もなく、匡の唇がおれの唇に落ちてきた。

触れた。当たった。

器用に斜めに顔を傾げて、鼻がぶつからないようにしてキスをされる。

感触なんてわからない。

ただ柔らかいものがおれの唇に一時だけ止まった。

そんな感じ。

触れているあいだよりも離れていく感触がリアルに残る。

唇と唇のあいだにゆっくりと空気がはいりこんで、おれたちのあいだをふさいでゆく感覚。

確かに触れあっていたものが遠ざかっていく甘い痛み。

匡が手の甲でもっておれの頰をさらりと撫でた。

乾いた皮膚がおれの肌を擦ってゆく静かな音に目を閉じる。

「おかしな奴だなぁ。キスした後で目ぇつむってるなんて。やっぱり広夢はなにやっても反応がおかしいよ」

耳もとで低く笑われる。

「今のキス？」

「キスじゃないと思う？」

その返しはなんだろう。

「からかってんの？」

おれは動揺してもう一度、同じ問いかけをした。

「からかわれたいの？」

微妙に違う返事をして、匡はおれの顎に手をかけて上向かせた。

目を開ける。

匡の瞳がすぐ側にある。

自分で訊《き》いたくせして、おれは「からかう」の意味がわからなくなる。

キスひとつで酔っぱらってしまったみたいだった。

「からかうってどういう意味？」

「自分で訊いておいてなんでそう言うかな」

匡は手を離して肩をすくめて眉をひそめて笑った。

「からかわれてんのはおれの方っつーことかな？」

ひらっと手を振って、匡はおれに背を向けて階段を上がりはじめる。

その背中におれはつぶやく。

「匡、おれ今晩眠れないよ」

匡は首だけひねってチラリとおれの方を見て、

「おれだって眠れないよ」

かろうじて聞き取れるぐらいの小声で言った。

そしてそのまままた前を向いて行ってしまった。

おれは玄関に腰を下ろして履くのにも脱ぐのにも手間と時間のかかるヘビーデューティーな靴と格闘する。

そうしているうちに匡が下りてきてくれないかと思っていたけれど、匡は二階に上がったきりだった。

その後を追いかけて行くにはおれは混乱しすぎていたし、同性にキスされても不快ではなくて、自分で自分の感情が読み取れなくなっていたし——一言で言うとバカになってしまったというか。

昼に学校で野宮に言われた言葉を思いだす。

世の中には男同士の恋愛もあるのだ。

男同士でもひとめ惚れするのだ。

出会ってまだ三日目じゃないか。それでキスまでされてドキドキしてるって、なに?

どうすりゃいいんだ?

頭がぐちゃぐちゃで身体と胸が熱くてドキドキしているのに、妙に平然として靴の紐を結んでいる自分自身がよくわからない。
どうしようもない混乱した頭のままで靴を履き終え、おれは匡の家を出た。

4

一緒に救急養護団体の講習に行くと言われていたからその連絡を待った。

電話がかかってきたり部屋のドアチャイムが鳴るたびに匡かと思う何日かが過ぎて――。

おれが学校に行っているあいだに郵便受けにメモ紙のはいった封筒が放り込まれていて、それで待ち合わせについての用件を済まされてしまった。

近所だし、車庫を見たら匡が在宅か不在かはわかるんだけど。

どんな顔をして、どんな話をすりゃあいいのかって悶々《もんもん》としているうちに時間だけが経《た》ってしまっていた。

おれが男とキスをしようが、世の中は淡々と動いているだけで、おれだって四六時中「そのこと」だけ考えているわけではなく――。

それでもおれは考えていた。

匡のことを。

眠れない夜に頭じゃあなく、心と身体で考えていた。

おれのこれも、ひとめ惚れなのか？

そう思ったらまた会うことが怖くなった。

とりたてて今まで「おれは男だ」なんて肩肘張って生きてきたわけじゃないけどさ。同性に惹かれたとたん、全然、別の生き物になってしまいそうで、たった一度のくちづけでおれのなかのなにかが綻びてしまいそうで、怖かったんだ。

キスされてから五日後の水曜日――。

おれは指定された時間に匡の車庫の前でぼんやりと立っていた。

朝の九時半である。

「あれ？　なんだ。来てたんなら呼んでくれりゃあよかったのに」

ジーンズにスニーカー、グレーのTシャツの上にチェックのシャツジャケットを羽織ったラフな格好の匡が玄関から出て来て、おれを見つけてそう言った。

まったくなにも変わっていない言い方で。

キスしたことなんて忘れてしまったような匡の態度におれは鼻白む。

一人であれこれと悩んでいたおれがバカみたいじゃないか。

「おれたちって今日、お揃《そろ》いじゃん。ペアルック～っ」

そして匡は偶然、匡と似たような出《い》で立《た》ちだったおれを指さして屈託なく笑う。

おれは匡の言葉を無視して、

「十時からだって？」

さんざんに怖がっていたわりには、おれも普通の声を出している。

匡に変化がなかったせいかもしれない。

もう一度、会うだけでどうにかなっちゃうなんていう危惧は取り越し苦労って奴だったのかな。

「そう。こっから車で二十分ぐらいかなぁ。あんまり時間ねーや。ま、乗って」

車庫のシャッターを開けて、おれたちは車に乗り込んだ。


救急養護団体の救急講習会は小学校の視聴覚室で行われていた。

授業中のシンとした廊下をスリッパを履いて歩く。

結局、車のなかでも、学校に着いても、たいして話をしないままの今日のおれたちだった。

おれは意識しすぎて無口になっていた。匡の方の事情はわからない。

匡は平生と変わらぬ態度で、カーラジオにあわせてハミングしたりしていた。

だからおれとしてはかえって気づまりなことこの上ない。

一人でドキドキしてて情けないよね。おれ。

おれはさも物珍しげに周囲を見渡しながら学内を歩く。

そうすることで会話を避けているのだが、ちくしょう、話しかけてくれよ、とも思っていた。

キスをしたこととか、それがどうしてだとか。

おれは訊けないでいるけれど、だから年の功でそっちから自己申告してくれよ、とじりじりと思いながら学内を歩いていた。

清潔でレトロな雰囲気の学校だった。

視聴覚室のある三階には図書室や家庭科室、理科室といった「クラス以外」の教室が並んでいて、ここまで通り過ぎてきた階下に比べて一層静かだった。

机にしろ椅子にしろ目を瞠るほどに小さい。こんなに小さかったろうか。そしてこんなに授業中の学校というのは静寂に包まれていたものだろうか。

自分にはもう関係のない情景のすべてはセピア色の映画のフィルムのようだ。

なんていうノスタルジーに浸っていたのも、視聴覚室のドアを開けるまでのあいだだけだった。

「あらっ。若いっ」

ドアをガラリと引いたとたんに飛びこんできた台詞である。

そこには大量のおばさまたちがいた。

考えてみたら平日の昼間の講習に参加出来る、学校と町内が関わる開放プール事業の協力者たちといえばまさに、この年齢層の、この性別の人たちだけだよなと、うわ〜んと群れているおばさまたちの姿を目にしてやっと思い至る。

少しばかり遅れてきたせいでおれたち二人はみんなの注目を浴びてしまった。

「若いわ〜」

もう講習ははじまっていた。

遅刻したおれたちにジロジロ、チラチラと視線が向けられてる。おれはおもわず匡の背中に逃げこんでしまう。

背後にまわったおれを、匡は首をひねってチラリと見てから眉を下げて笑った。

失笑だ。

情けないと思われたのかもしれないが、教室に山盛りの元気な中年のご婦人たちに、

「可愛いわねぇ」

「若いわぁ。いくつなんでしょ」

なんてこれ見よがしのヒソヒソ声でやられたら、隠れるぐらいしかおれに出来ることはなかった。

「はい。これ」

セミロングの髪形の上品な推定年齢三十代後半のミセスだかミスだかわからんが——とにかくその人がおれと匡に小冊子を一冊ずつくれた。

「心臓マッサージの手順だってさ」

パラパラとページをめくりながら匡が言う。

床にはカーペットが敷かれていて、先に来ていたおばさんたちはみんなてんでにグループになって座っていた。

久しぶりに女の園を見てしまって毒気にやられる。

高校のときとか——女の子が集団でこもっていると、後ではいると匂いが違うんだよね。女子連中に言わせるとおれたち男の方が「臭い」らしいんだけど、おれたちにとっても女子の団体って不快じゃないけど独特のツンとくる匂いがあってさ。

今日の場合はそれにプラスしての香水や化粧品の香り、それから視線にめげてしまう。

おれは、はいってきたドアのすぐ側に設置されているロッカーの陰に潜んだ。

そんな隅に人が座ることを考慮していなかったのか、カーペットはそこまで届いていない。

でもおれは別に気にならないから、ここでいいや。

「なんでこんなと……こ……に」

ロッカーの陰にしゃがみ込んだおれに匡が不審そうにして眉根を寄せる。

「だってさ」

上目遣いで、懸命に目で訴える。

匡はポカンと口を開け、

「ウブだな」

フッとため息をついた。

おれが大量の女性陣にびくついているのを悟ったらしい。

口角を上げて小馬鹿にしたような笑みを見せる。

ムッとしたけれど言い返す言葉もないので黙るしかない。

匡はそのままおれの横に座った。

「え〜、お手持ちのパンフレットにですねぇ」

匡とロッカーにはさまれておれはすっぽりと隠れてしまう。

声のする方に身を乗り出さないと講義の主が視界にはいらない。

教壇に立っているのは中年のおじさんだった。

白いスクリーンに、幻灯のようにフィルムを投映させる機械『O・H・P』が教壇脇に置かれ、図解されて映し出された映像にはプールの総メートル数。どの位置に立つのが効率がいいか、なんていうことをおじさんは説明してくれている。

ゴマ塩頭の、人のよさそうなおじさんだ。

ニュース番組で天気の解説をしていそうなタイプの黒縁眼鏡の小柄なおじさんは、

「救急養護団体では成人は小学生からとしております。内臓的には就学児童は成人と同じ扱いを、ですね」

「ふ〜ん。すごいね。小学生で内臓はオトナだってさ」

匡が感心したようにして傍らでうなずいている。

「乳児、幼児の場合は足のウラを叩いて意識を確かめます。成人は肩を数回、叩いて、だいじょうぶですか、と三回は声をかけてください。そして」

おれは乗り出していた身体を引っ込めた。

そのまま膝を抱えて子供みたいにして座り、パンフレットとおじさんとを交互に見ている匡の真剣な顔をぼんやりと見つめる。

「……この場合、大切なのは気道の確保です。顎を上げて、後頭部を持ち上げて、そして呼気を確認します。それで心臓マッサージをほどこしながら、マウス・トゥ・マウス。そのやり方はさっきご説明しましたね」

遅刻したせいでそっちの説明は聞いていなかったけれど、マウス・トゥ・マウスっていうのは口と口をつけてどーこーっていう奴だったなぁ……なんて思っていたら、

「じゃあ実際にやってみましょう」

パンパンッとおじさんが手を打って言った。

受講者たちがパラパラと散らばる。

唐突にざわつきだした室内。それぞれの小集団の真ん中に大きな包みがあることに気づく。

巨大なビニールケースのジッパーを開けると、なかから出て来たのはビニール製の人形だった。

人間そっくりなのだが上半身しかない。

腹から下はプッツリと切断されている、そういう精巧な作りの人形が幾体も現れる。

かなり不気味な光景だ。

「この人形の名前はジョンくんです。そっちはエドワード。みんな名前のついてる大事な救急養護団体の組織の仲間なので大切に看護してくださいね。皆さん」

さざめくようにして受講者たちが笑っている。

なぜか金髪碧眼《へきがん》の人形なんだよね。みんな。

胸は真っ平らで、男。

衣服はつけていない。とはいえ上体だけなので下半身は露出していないから中性ってことも考えられるけど——って、なに考えてんだか。おれ。

「グループごとに分かれてもらってますね？　あ、そこ、遅れてきた二人は人形が足りないですね。どこかにはいってもらおうかな」

遅れてきた二人ってのはおれたちのことだろうな。

顔を上げて講師のおじさんを見ると、おじさんはクラス内をキョロキョロと見まわしていた。

「う～ん。といってもどのグループも定員ですね。まぁいいかなぁ。人形が足りないし、その二人はそれぞれ相手に人工呼吸してもらおうかなぁ」

「え～っ」

おもわず大声を出してしまった。

室内を漂っていた笑いのさざ波が微妙に大きくうねっている。

おれのひきつった顔がご婦人がたに受けてしまったらしい。

でもね――でもだよ？

人工呼吸って、マウス・トゥ・マウスって――口と口をくっつけてやるわけでしょ？

この気づまりな状態のおれが、匡と？

「昔はね、人形が足りなかったから私も人間を相手にして練習したんですよぉ。女性を相手にして練習は問題でしょうけど、そちらは二人とも男同士ですし問題はないでしょう」

「そうですね」

間髪を容れずに匡が返す。

「そうですねって、なぁ」

「ファーストキスっつーわけじゃなし。そんなに真っ赤にならなくてもいいんじゃないかぁ？」

匡は張りのある通る声でそんなことを言った。

笑いのさざ波のウェーヴがより大きくなる。

「……やっぱり可愛いわねぇ」

なんつーささやきまで聞こえてくる。

見せ物、さらし者になった気分だ。

「なに？　それともファーストキスなんか？」

こそこそっと、けれど周囲に聞こえる程度の声で、匡がおれの耳もとでささやく。

「違うよっ」

違うけど――それが違うこと知ってるだろーが。

知ってて言ってくるんだから、絶対にこいつは性格が悪いよな。

だいたいアンタはこのあいだおれにキスしただろーが。

それがおれのファーストキスだったんだよ～。

と言い返したかったけれど、言えない。

「はい、はい、そのへんでね。じゃあプリントの通りに救助の手順をはじめてください」

おれを窮地におとしいれたおじさんはすっとぼけた顔と口調でそうまとめにはいり、おれは匡の手に押しやられて床に寝そべる形になる。

「匡っ」

「なに？　おれが先に救助される役のがよかった？」

おれたちが座っていた場所は教室のはじっこにある出入り口の際、半端な位置にある大きなロッカーの裏で、匡が覆いかぶさるようにしているせいで、おれたちは教室のほとんどの人たちから死角になっていた。

おばさんたちはここより前の教壇側にたまってグループを作っていて、振り返ってのぞき込もうとしない限りおれたちの状況をうかがうことは出来ない。

それが救いといえば救いだろうか。

衆人環視のなかでのマウス・トゥ・マウス。相手は匡。なんて勘弁してくれよ〜、だ。

目を閉じて横になった匡の唇に唇を寄せたり、胸を押しつけたりするって想像しただけで……駄目だよ、それは却下。

目をつぶって「されてる」方がまだいいよ。

「耳まで赤いよ。広夢」

横たわって観念したおれの耳たぶを軽く噛みながら匡がささやく。

「か……てめっ」

なんでそーゆーことをすんだよっ。

おれの全身がいきなり硬直してしまう。

カーッと熱くなる。

「だいじょうぶですか、だいじょうぶですか、だいじょうぶですか」

講習によると三回、そう声をかけるのだそうだ。

パンフレットの指示通りに声をかけている匡は傍目《はため》には真面目な講習者だろうけれど、おれにとってはちっとも「だいじょうぶじゃない」ことを平然とおこなっているのだった。

肩を叩く——はずなのにこいつは、この男は、おれの首筋を撫でて、耳たぶをくすぐって、顎を指先で撫でながら、おまけに耳んなかに舌を入れてっ。

やめてくれって言いたいんだけど、ここで怒鳴ってしまったら、またみんなの注目を集めてしまう。それにきっと笑われる。ええ。どーせおれはウブですよ。

だけどそれがあなたたちになにか迷惑をかけましたかっ。

でも問題はそんなことよりも——気持ちいいことなのだった。

匡の乾いた指がおれの肌を滑ってゆく感触と、その後を追うようにして嘗めてゆく舌のぬくもりが。

ざわめきが、遠くなる。

まわりに無関係の人間がたくさんいることを知っている。

知っているから、意識が遠くなる。

そして空気や、音や、相手のもたらす感触に敏感になる。

「気道確保」

冷静な口調で匡が言い、おれの後頭部に片手をそえて、おれの顎を指で押し上げて顔を仰向かせる。

気管を開けるための手順らしいけれど、目を閉じたままでそんなふうに顔を持ち上げられて、相手の唇が落ちてくるのを待つ心境ってたまんないよ。

「人工呼吸、最初の二回」

唇が、おれの唇に。

歯を食いしばって固くなっているおれの、唇を、身体全部の力を、ほどくようにしてやわらかく匡の舌がおれのなかにはいってくる。

歯列を割って、呼吸ではなく、舌が——。

「ん……」

おもわず声が漏れた。

その声を制するようにして匡の舌がおれの口腔《こうこう》を自由に動く。

唇をゆるくとろけさせ、ふいに離れる。

黙って寝たふりをして目を閉じていられなくなったおれが瞳を開けると、ご満悦の大型猫めいた微笑みを浮かべて匡がおれを見下ろしている。

「まだ二回、してない」

「え？」

今度はぎゅうっと唇をきつく嚙んだけれど、人工呼吸ってのは鼻をつまんでやるんだよね。はじめの一回はそれをパスしたくせに、二回目はおれの抵抗を予期したみたいにして匡はおれの鼻をぎゅむっとつまんでいた。

苦しくって、口を開ける。

その瞬間にまた舌で口のなかをまさぐられる。

おれの舌を、舌でからめとる。

舌の表と、舌の裏が、別の感触を持っていることを教えるようにして。執拗《しつよう》に。からめとって、吸われて――自分でもわかるぐらいにおれの呼吸が荒くなっている。

「吹き込みに抵抗なし。脈拍の確認」

妙に理性的な作り声で匡が言う。

おれたちの行為に周囲の皆さまは頓着していないらしい。

匡は確かに教わった通りにきちんと手順をふんでいて、だからおれが暴れたりしなければ死角のこの場所での二人のやり取りは誰にも気づかれなさそうだった。

匡のやってることは正しいよ。

しっかりとパンフ通りの人工呼吸の方法だよ。

だけどやり方が。手の使い方が。唇のこじ開け方が。

目をパッチリと開けて顔をひきつらせているおれにニヤッと笑いかけて、匡はおれの首筋に触れる。

頸動脈《けいどうみゃく》を確かめて、それから手首を取って脈を見る。

その触り方が。

スーッとおれの弱い場所を探りあてるみたいにしてなぞってゆく。そんな触れ方で首と手首を撫でられたら……おれは……。

「脈拍あり」

そりゃあ、あるだろうよ～。

しかも尋常じゃないくらいに速い勢いで脈打ってるはずだ。

「つづけて人工呼吸と心臓マッサージ」

「ちょっと待っ……」

小声で抵抗を試みたおれはあっけなく玉砕する。

心臓マッサージっていうのはそんな性感マッサージのように、やんわりと、胸をまさぐったりするマッサージじゃなくって。絶対になくって。

唇をとらえられ、深く舌をからめとられて、匡の口腔の唾液を味わうみたいにして激しいキスをされて、その一方で服の上からじらすみたいにして指で、手のひらで、乳首のある場所を探し出してそこをつまんだりするのは――認めないよ。

これが救急養護団体の伝授する人工呼吸だなんて認められるか。

おまけにそんな鬼畜なマッサージに身体を馴染《なじ》ませて、どうしようもなくなっている今のおれ――なんて事態、認めたくない。

「毎分、八十から百回の速さで押し下げて、十五回圧迫ごとに二回呼気を吹き込む、と」

おれの唾液で濡れた匡の唇が離れてゆく。

触れていた。嘗めまわされた。そう思わなければただの形のいい唇なのに、さっきまで重ねていたのかと思うと匡のぷっくりとふくらんだ下の唇の質感がやけに艶《なま》めかしい。

匡の指がシャツの生地越しにおれの乳首をとらえて撫でまわしている。

圧迫って、圧迫ってのはやり方が違うだろ。ゆがんでるだろ。それじゃあ。

だけど感じていて、勃っているから、そんなにたやすく触られてるんだってことをおれは知っている。

布の上からでもわかるぐらいにおれの乳首は勃っているはずだ。

軽いキスひとつで腰が砕けて、こんなふうにしてディープキスされたらたちまちメロメロになってる。

肺をふくらませるはずの人工呼吸で、おれったらどこをふくらませてんだよ。

きつくなって強《こわ》ばっているジーンズの前の部分が気になる。

こんなふうになってしまう自分自身が悔しい。

おれは匡を睨みつけた。

匡は悪びれずにおれと目をあわせたまま、挑発するみたいにきつい眼差しで、

「経過の観察。正しい圧迫点を確認し……」

スーッと匡の指がおれの身体の上を滑ってゆく。

乳首から、脇腹。そこから腰骨。そして――。

「わ～っ。駄目っ。それはっ」

我慢出来ずに飛び起きてしまった。

きつくなったジーンズの、その窮屈になった箇所をもみしだかれてしまってはっ。もうおれの理性なんてっ。

怒鳴り声を出してしまったことに気づいてはっとしてあたりを見まわす。

「泣きそうな顔してやんの」

ケタケタと心地よい笑い声を上げて匡が言う。

おれたちはしっかりと注目の的だった。

講師のおじさんがやって来る。

「先生っ、すみません。こいつ具合悪くなったみたいです」

笑いをにじませた声音で匡が挙手しながらおじさんを振り返って報告する。

誰のせいだよっ。誰のっ。

と抗議出来ないで、ただ息を荒くして前屈みになっているだけのおれだった。

「こいつ、見栄張ってたけどファーストキスだったらしいんですよぉ。野郎相手に奪われてショックで胃がむかついているそうです」

おれはたまらずに拳を握りしめて匡の顔面にパンチを飛ばした。

とたんに、

「や～ん。若いわねぇ」

という本日、何度目になるかのヒソヒソ声のさざ波に囲まれて、おれはうつむいてしまう。笑い声。それから小声。

怖くて、まわりを見渡せなくなる。

どこまで知っているのか。どこまで見ていたのか。

おばさんたちと目線があって、相手に「わかってるのよ」的な微笑みがあったり、「男同士で。教育的指導」というような鋭い視線があったりしたら——おれはそのまま舌噛んで死にたくなってしまうに違いない。

ええ。うっとりとしましたよ。

こんなたくさんの人間がいる教室で。身体まさぐられて。舌を吸われて。

皮膚がとろけて、もうどうなってもいいやって、流されかけました。

恥ずかしい状態におちいって、おれはもう心底、理解してしまった。させられた。

愛だの恋だのという高尚なものは知らない。

もっと切実に身体と心と頭がみんなして触れたがって、触れてもらいたがっている。そんなふうにしておれは匡が——。

好きになっているのだった。

「すみません。ちょっとトイレで吐かせてきますから。ほら、立てるか?」

腕をつかまれて、匡の肩に身体を預ける。

「だいじょうぶかね?」

心配そうな顔つきで講師のおじさんがおれたちをうかがっている。

「ええ。とにかくトイレに連れていきますから」

おれを抱え上げるようにして匡は教室のドアを開ける。

「お騒がせしてすみません」

ぺこりと礼をした匡にあわせて、おれも同じようにして頭を下げる。

他のみんなの顔を見返す勇気がなくて、必然的に視線は下に落ちて、うつむいたままだ。

そして廊下に出た。

「だいじょぶかよ」

「誰のせいだよっ」

すかさず噛みついたおれを匡はぐいっと引き寄せる。

「悪いねぇ。おれって二枚舌で、口と舌を使うことはたいがい上手なもんでさぁ。ちゃんと責任取るよ~ん」

「よ~ん、ってなぁ」

廊下をひそひそと話しながら歩きトイレに着いた。

うす暗い学校のトイレの最奥、洋式トイレの個室に放り込まれる。

匡がカチャリと後ろ手にドアを閉めて、鍵をかける。

「どーゆーつもりでこんなっ」

口を開いたとたんに、匡はおれを抱きしめた。

ぐいっと頭をつかんで後ろに引いて、のけぞったおれの喉に唇を寄せる。

ドラキュラの牙を受けるようにして、おれは緊迫感と甘い予感に震えながら匡のキスを頸動脈で受けた。

さっきのようにさらりと触るのではなく丹念に舌でねぶり、きつく吸われる。

「されたくなかったなんて言わせないからな」

おれの目をのぞき込みながら匡がささやく。

凄みのあるオスの声で。眼差しで。

「誘ってたよ。広夢は。さんざん。だからおれは、誘われてるぜ、って意思表示はしたからな？　それでもついてきたから、ありがた〜く誘われてるだけだよ。おれは」

「誘ってなんて……」

……ないよ。

と言おうとした。

深くくちづけられ、おれのためらいがちの返答を匡の舌に吸われる。

言葉になる前の吐息と、言葉を作り出すために丸めた舌の動きを、匡の唇に吸われて、飲み込まれる。

教室のなかでされたよりももっと甘く、激しいキスをされる。

匡の舌の動きで、おれのすべてが解かれ、ほぐれてしまいそうになる。

おれの全身が切迫した微妙な震えに支配される。

「誘惑してた。全身で。今だって」

シャツのなかに手を差し入れて胸を手のひらで撫でまわす。

爪の先で引っ掻くようにして乳首をつままれる。

息が漏れた。

言葉にならない、小さなブレス。

腰にかけた腕を強く引いて、おれの股間は匡の腿にすりつけられるように擦り上げられる。

こういうふうにして触られたかった。

おれの全身がそう応じていた。

完敗だった。

性欲からはじまる恋もある。そういうことか?

「可愛い顔して、くるくるっと動く目ぇして……だけどきつい唇してさ。最初から。酔っぱらいのおれに声かけて車に乗って一緒に寝て、あのはじめからだ」

羽織っていたシャツを床に落とされる。

ジーンズのファスナーを下ろしながらささやかれる。

きつく結んだ唇を舌でほどいていったように、おれの強ばりを匡の指がほどきはじめる。

溶けそうなほどに、甘く、気持ちのいい動きだ。

匡の指をおれのペニスが濡らしている。

乾いた指先がおれのせいで熱く湿っていく。そしてその湿った指がおれをさらに煽《あお》る。

「おれも今まで馬鹿なことやってきたけどさぁ、どんな女でもあそこまでたやすく他人を受け入れねーぞ？　そのまんま襲ってやろーかと思いましたね。おれは」

「ん……なこと」

スライドされる指の動きにあわせて腰が動く。

ふくらんで赤く剝けたペニスの先を匡の指が擦って、なぞる。

手のひらで押さえつけるようにして先端を丸く擦られて、その心地よさに身体が跳ねた。

自慰はしてるけど。自分でしかしたことがないから他人がする、その自分のタイミングとずれた奉仕の仕方が強烈で、おかしいんじゃないかっていうぐらい張りつめている。

静かすぎるせいで、シュッシュッという音が。

匡の指と、おれのペニスのたてる音が響いていて。

「やだ。……ちくしょう」

気持ちよくて、やめて欲しくないから罵倒の台詞が口をついて出る。

自分から身体を預けて、匡の指におれのペニスを押しつける。

施される動きに敏感に応じて、もっと激しく感じたくて腰を揺らす。

深くくちづけられて、舌に舌をからめとられて唾液を溢れさせた。

今のおれの目つきが誘惑だっていうのなら、きっとそうなんだろう。

だけど――匡の目が、唇が、おれを煽っていたせいでもあるんだって、おれは知ってる。

おれの身体を追いつめて、気持ちをブレイクアウトさせた。

指で。唇で。舌で。言葉で。

笑い顔で。視線で。

ただそこにいるだけで。その存在そのもので。

出会いの最初から、だ。

馬鹿野郎。悔しいけど。そうだよ。

きっとひとめ惚れで、そして今はおれはこんな小学校のトイレで切羽つまった感情に支配されている。

「誘ってたのは……アンタの方だ」

なにもしてないなんて言わないけどさ。

誘惑されて、混乱して、だから誘い込んだのかもしれない。

知らないよ。だけどおれのせいってだけじゃないよ。

勃起しているペニスに触れる匡の指に目を閉じて、おれはつぶやいた。

「責任取れよ」

「責任、ねぇ」

笑いを含んだ声で言い返される。

もうどうでもいいよ。言葉の意味なんてどうだっていいよ。ぐちゃぐちゃと考えられないぐらいに匤の指がおれを追い立てている。

ジーンズの前をはずして、下着を引き下ろされて完勃ちしたペニスを手のひらに包まれて。

膝まで落ちたおれのジーンズを匤は足と手を使って引きずり下ろした。

匤はふいにおれを抱く腕を離して、そのまま床にしゃがみ込む。

「ん?」

うす目を開けて見下ろしたのと、唇に包まれたのが同時だった。

「あ……」

拳を作って口に押しあてる。

敏感になっている先端を舌で丁寧に嘗められてから、上顎の裏側の突起で軽くくすぐるみたいにして擦り上げられる。

声を出さないでいられない。

童貞だっつってんだろうがっ。いきなりそんなことこんな場所ですんなよ。

っていったって「童貞なんです。刺激に弱いのでそこんとこよろしく」なんて事前報告してないし、出来ないし、したくもないけど。

ズルッと背中が壁をつたって落ちる。

立っていられない。

そのまま床に腰を落とした。

ペニスの先端を舌で割られて、嘗められて、きつく吸われて、深く包まれてそのまま口と舌で上下に刺激される。

快感が波になっておれの下半身から頭蓋まで立ちのぼってくる。

「……んん……」

どうしよう。

どうしちゃったんだろう。

感じすぎて、たまらなくなって、膝を閉じそうになる。それを両腕で押さえこまれて股間に顔を埋《うず》められてどこもかしこも嘗めとられている。

小学校のトイレなんていう妙な場所で、狭くて身体を窮屈に丸めながら、あえぎ声を懸命に押しとどめている。

舌の動きにあわせて出す音が変化する。

そしておれの息も舌と唾液の音にあわせて激しくなっている。

「あんま声出すな。ばれるぜ?」

自分がそういうふうにさせているくせして。匡が顔を上げて小さく言う。

「だって」

半泣きでおれが答えると――カツカツと靴音が聞こえてきた。

近づいて、そしておれが必死になって声を殺している最中の、まさにこの個室のドアの真ん前で止まる。

コンコン、とノックされる。

「どうだ～い？」

間延びした声で問われる、その意味がとっさにわからない。

聞き覚えのある声の主をぼんやりとした頭で思う。

相手は――救急養護団体の講師のおじさんだった。

「だいじょうぶです。今、たまってるもの吐かせてますから。すぐにラクになると思うんで」

赤面してしまうような説明を匡が大声で怒鳴る。

「苦しそうだねぇ。なんだか」

「そうっすねぇ。ここで一回、吐かせてから、申しわけないけどおれたちこのまま家に帰りますわ。すんません」

「手伝おうかい？」

とんでもないっつーの。

善意のおじさんの声に慌てるおれに苦笑しながら匡が、

「おれがついてるからいいです」

「そうかい？」

このままドアを開けてなかの状況を見られたらどうしようと青ざめるおれだったが、おじさんは匡の説明で納得したらしい。

「じゃあ私はまだ講習の途中だから。後はまかせたからね。気をつけて帰るようにね」

心配そうにそう言って、またコツコツと靴音を響かせて去っていった。

全身を強ばらせて、神経をとがらせていたのはおれだけで、匡は平気な顔をしておれの体液で濡れた指を――おれの後ろに入れて――。

「あう……」

「泣くな。広夢」

「泣かせないでよ。それじゃあ」

脱いで床に落とした自分のシャツの上に座りこんで半泣きで抗議するおれの足をひょいっと片方だけ抱えて、匡はおれの太腿の内側に強烈なキスをする。

「いてっ」

狭い場所で男二人でこんなポーズを取っている不自然さで、匡は頭をどこかにぶつけたらしい。

「いてーな。ぶつけちゃったよ。これからだってのに」

「まだ、すんのかよぉ」

「責任取れって言ったのきみでしょうが～」

鼻歌を歌い出しかねない陽気さで匡が答える。

洋式の便座の蓋を閉めて、おれをその上に座らせる。

膝をだらしなく広げて、ぺたりと腰を落とす。

熱くなっていた臀部《でんぶ》に触れた陶器の感触が冷たくて心地いい。

ほおっと息をついたおれに見せつけるようにして匡はジーンズのポケットからスティック状のリップクリームを取り出して、キャップをひねって開けた。

グリッと出てきた白色のリップスティックを指先でねじってつぶす。

「なにすんだよ」

小声で、響かないようにしてひそっと問うと、

「こうすんだよん」

片膝を先刻、内腿にキスしたのと同じようにして抱え上げ、おれのペニスを唇でくわえて見せつけるようにして嘗めまわし、もう片方のリップクリームのついた指をおれのなかに入れてきた。

ジンッと痺《しび》れるような感覚が内部と、指の触れた皮膚に広がる。

しゃぶられて、吸われて、匡の口もとから卑猥《ひわい》な濡れた音がする。

スーッとする清涼感の後で、うずくような、追い上げるような快感が下半身から身体の内側をせり上がってくる。

リップクリームのかたまりがおれと匡の体温でぬるまって溶けていく。

「んっ」

声にならない声が出た。

空気を無理やり飲み込むような、ひきつった音が出た。

匡の顔が股間に埋められて、指を出し入れされながら、ペニスを舌でねぶられている。

冷たい指先がどこをどう動いているのか、意識したくないのにわかってしまう。

内奥がジンジンとして、そこを指で、爪で刺激されると自然と腰が浮く。そして、自分でもっと深く貫いて欲しくなって腰を落とす。

指の数が増えていっているのがわかる。

もう三本目――小刻みに出し入れされて――。

ズクンッ……とペニスの裏側に当たる部分にリップクリームを押し込まれて、溶かすようにしてそのかたまりを何度も指で突き崩されて――冷たさと、温かさに、交互に犯されて、その刺激がたまらなくておれはあっけなく射精してしまう。

ビクンッと身体が跳ねた。

それを押さえつけるようにして匡がおれを一層深くくわえる。

匡の喉の奥におれの先端があたって、ぎゅうっと強く吸われて、なにか——なんでもいいから支えが欲しくなっておれは匡の頭を両手でつかんだ。

そのあいだも匡の指がおれを貫いて、何度も往復しているんだ。

ゆっくりと。それから素早く。

このシチュエーションでイッてしまったのか、それとも後ろに入れられてイッてしまったのか、よくわからない。

早く、もう、どうにでもしてくれていいから。

瞬間に強く思ったのはそれだけだった。

自分でするときよりも長い射精で、いつまでもつづくような感じで、クラクラする。

その全部を匡はゆっくりと飲み込んだ。

唇を離して、おれを見上げる。

「責任取ったことになったか？」

唇が動いて、舌が見えて、それでもって口もとを片手でぬぐいながら言った台詞におれは動揺する。

これが「責任の取り方」なんですか？

アンタの？

「おれの顔見るな。その口で……話しかけるなっ」

切れ切れに返す。

まともに息が出来ない。

「なんで？」

匡が不思議そうに首を傾げて応じる。

指がまだおれのなかで残ってうごめいている。なかで曲げたり、してるみたいで。

「おれ、童貞なんだよぉ」

それが「勘弁してくれ」の意図として受け入れられるかどうなのか。

白旗を上げて、降参した。

匡は「はぁ〜」と大きくため息をついた。

「広夢のなかでは意味の通じる台詞なんだろうけどな、おれにはちっともわからんが？　最初っから広夢は言語的に不自由ではあったけどなぁ」

ええ……そうでしょうともさ。

おれが頭のなかでうじゃらうじゃら考えているモノローグのひとつひとつから解説しなければ、おれの突発的な台詞はみんな意味不明でしかないというのは今までの人生で理解してる。

「舌噛んで死にたい」

また他人には意味不明なことを言ってしまった。

でもあながち間違ってもいない感想だろう。

いきなり同性に襲われてイッてしまった混乱を他で表せそうにない。

「もったいないから自分で噛むな」

「はぁ?」

「広夢の舌ならおれが噛んでやる」

匡が上体をのばしておれの唇に唇を寄せる。

ふわりとやさしく触れて、あやすようなキスをされる。

唇を唇ではさまれて、そのまま歯でも軽く甘噛みされる。

気持ちいいキスだけど——指がまだなかにはいってるんですけど……。

ジワリと下半身からまた快感が引きずり出されている。

意識したとたんに、その小さな波が、あっというまに大波に変化してしまうようなうずきがおれの奥にある。

そこを、匡の指が、触れている。

「お願いだから……指、抜いて」

キスのあいまに小さく言うと、

「なんで?」

深く考えずに正直に、

「気持ちよすぎておかしくなる」

匡は目を瞠って、破顔した。

爆笑している。

「なんだよっ」

「広夢、きみの素直さは武器だよ。……んとにさぁ、そんなコト言って欲しくってもなかなか言ってくれませんけどね。普通はね。それとも言葉攻めの誘惑のテクか？」

「違うよっ」

まごついていたら救ってくれるようにチャイムが鳴った。

牧歌的な音に耳をすませる。その後でザワザワと声がして、授業を終えた子供たちがやって来るような気配。

はっと我に返ると匡はしっかりと服を着込んだままで、なのにおれはTシャツ一枚で下半身露出させてて――小学校のトイレでなんてことだよ。

「泣きそうな顔で真っ赤になってないで早く服着ろ。着せてやろうか？」

トイレの床に散らばったおれの衣服を取りまとめて匡が低く言う。

笑ってるよ。

イヤ～な奴。絶対にこいつはイヤな奴だよ。

匡は自分の羽織っていたシャツを脱いで、おれが脱いだジーンズと一緒におれに渡してよこした。

目顔で問いかけたおれに、

「広夢のシャツ、床に落として敷物にしちゃったからさ。さすがにそれを着るのイヤだろ？」

おれの肩に匡のシャツをかける。

トイレの床に直敷きしてたシャツって確かにイヤかも。

「ジーンズはシャツの上に置いたから汚れてないと思うけど」

親切な申し出におれはしみじみと、イヤな奴ぅ〜、と思いましたね。

こっちが我を忘れてエッチに溺れてるあいだ、この男はそんなことに気配りをなさっていたわけなんですかね。

とはいえパタパタと走ってくる子供たちらしい靴音と声に、おれはそんなことを追及するどころではなく大慌てで服を着たのであった。

そのあいだ狭い場所なのであちこちをひねったり、ぶつけたりして悲鳴を上げ、匡をさらに愉快に大笑いさせながら。

その三十分後である。

プンプンとむくれながら車に乗って、帰宅して、当然のようにして匡の家に上がりこんで、というか言葉たくみに引きずりこまれて、たくさんの猫たちに足を取られて転倒しかけながら二階の匡の寝室に行き、その部屋だけは「猫進入禁止」だということでまっとうな状態なことにホッと安堵《あんど》しつつも、セミダブルのベッドに座って当たり前の顔をしてストリップをしだす男前をおれは睨んでいた。

「つづき、しないの？」

「つづいてんのかよっ」

おれは——といえば。

相対して、はいってきたドアに背中を押しつけて、シャツを片腕で引き抜いて脱いだ匡の裸体を凝視している。

「つづいてるんだよん。しっかりと。エンドレスで」

「だよん、じゃないっ」

「スースーしてないか？　後ろ？　埋めて欲しいだろうが？」

それはアンタがリップクリームなんぞを塗ってしまったからでしょうがっ。

と言いかけて、さすがにやめる。

匡は腕を組んでムッツリとしているおれに肩をすくめてから、ジーンズを脱いで、下着を下ろす。

「それとも家に帰って自分の指で埋めんの？　おれのコレ使ってよ。勃っちゃってんだし。おれ。さっきから」

唾を飲んで、目をつむる。

それから目を開けて、匡を見つめる。

学校のトイレでいっぺん出したくせしてさぁ。

おれはもう欲情しっぱなしで、犯されたがっているのか、犯したいのかわからないヘンな感情にずっと支配されている。

吐きそうなぐらい緊張している。

おれを睨むようにして匡がつぶやいた。

「男の目してさぁ。やりてーんだろ？」

日頃、だよん、などと言いくさっているこの男が、そういう自分の方こそ飢えてギリギリのオスの目をして乱雑な台詞を吐くと、ふらつくぐらいに腰にくる。

もうわけがわからないや。

「やりたいよ。すごく」

おれは開き直ってそう言って、じっと匡の目を見返したままで下着ごとジーンズを脱ぎ捨てた。

引きちぎるみたいにしてシャツを脱ぎ、Ｔシャツを脱ぐ。

「じゃあ襲いに来い」

ベッドに腰を下ろした匡が、中指をつき出しておれを挑発した。

「うん」

どこでどう間違ったかはわからないけど。

ハイテンションで、手順ぶっちぎって、なにかが高速で回転している。

おれは匡の膝に乗り、おれを両腕で受け止めながらささやく匡にくちづける。

笑っている唇をおれの唇でふさぐ。

匡の肩に手をまわして、片膝をベッドに乗り上げて腰を落とす。

「それは無理。いきなりはいんないって。壊れる」

「そうなの？」

でも濡れたままの後ろが匡のペニスをとらえて、熱いそれにくすぐられているうちにおれの息が上がる。

「だよ。男同士のやり方、知らないのか？」

「知ら……ないよ」

「へぇっ……おれのこと好きなんだ？」

「なんでそうなる？」

「好きじゃなきゃこういうことしないでしょう?」

「うるさいっ。わかんないよ」

「おれは広夢にひとめ惚れですけど」

怒鳴っているおれに、匡は笑いながらキスを返す。

唾液が口から溢れて、こぼれるぐらいに激しいキスだった。

上ずった声がこぼれる。

匡が目をうすく閉じて笑った。

猫のような笑い顔で、そのまま喉を撫でたらゴロゴロいいそうな目をしておれを見上げる。

濡れた唇でおれの喉をついばみ、舌で皮膚をなぞる。

腰をとらえられ、ペニスを匡の太腿にはさみこまれる。

ベッドのスプリングをきかせて腰をリズミカルに上下される。

「……は……」

予期しなかった快感に、自分のものじゃないような色気過剰の吐息が漏れた。

冷たいシーツが充血して濡れる先端を押し返してくる。

そうされながら足にはさまれてペニスが擦られ、しごかれる。

「馬鹿。やめろ」

「広夢、感度よすぎ」

嘲笑なのかと思ったら、賞嘆らしい。

そんなこと誉《ほ》められても嬉しくもないけど。

乳首を唇でくわえられ、転がされた。

舌先で立ち上がった乳首をつぶすようにして嘗められる。

互いに言葉はなくかすれた音になった台詞を静かに交換している。

匡はおれの後ろを指でまさぐった。

まだ塗りつけられたクリームの感触が残っている。

匡の指をぐりっとねじ込むようにしてまわされる。

きつさに涙が滲《にじ》む。

「あっ」

閉じた状態で入れられると辛い。

「痛い？」

素直にうなずくと、

「力抜いて。痛くないからだいじょーぶ……なんて言わねーからな」

熱い肌があたって、ペニスを汗まみれの腿になぶられて、唇を噛んでいるおれに匡が冷たく言ってのける。

そんなのどっちだって。もう、だいじょうぶじゃない。

頭のなかがねっとりと、からみつくような甘さに支配されている。

「痛いぞ。言っとくけどな。そんでもいいのか？」

「痛いけど気持ちいいなら……いいよ」

「正直」

好奇心。快感に流された。

匡のことが気になっている。

いろんなことがぐるぐる頭のなかでまわっている。

まるっきりの処女喪失のシチュエーションだけど、童貞のままで処女破りなのに、不思議と卑屈な気持ちにはならなかった。

「広夢くん、次回からはなんか用意しとくから今回だけはこのままでもいい？」

身体をひねって反転させ、今度は逆におれを押し倒す形になって匡が訊いてきた。

「んなこと……訊くなっ」

がう～っとうなる獣みたいな自分の不機嫌そうな声に、自分で呆れる。

かすれた声が出て、されたがっていて、したがっている自分の熱にやられている。

途中で止めないでくれよ。

理性が戻ってきてしまうから。

匡がニヤッと笑って、

「了解」

と応じた。

そして——。

デリカシーのないこの男は——テクニックはすごくあったわけで——。

リップクリームを突っ込まれて、体温でとろけさせて、それを舌と指でさらに押し広げられて——卑猥な音を出して溢れるみたいになったおれの後ろにやっとはいってくる。

もう自分の指でさんざんに苛《いじ》めた場所なのに、匡の舌や指にされるともっとよくって——それだけで昇天しそうになったのを止められて。

指よりもずっときつい熱さと質感に逼迫《ひっぱく》する。

「く……」

入れられて最初に感じた苦痛を匡の唇が吸い取ってくれる。

さすがに痛くて——声が漏れた。

その声を匡の唇が奪ってゆく。

キスをされると身体の力が抜けるんだ。

匡はそういう、やさしい、キスをくれた。何度も。繰り返して。

鈍い疼痛《とうつう》がゆすぶられているうちに快感の熱を生む。

慣れない、はじめての自分の激情に翻弄されて涙ぐむ。

埋められた感触、当てられるだけで気が遠くなるポイント、身をよじっていっそ逃げ出したいぐらいで、だんだん朦朧《もうろう》としてきて、気持ちがいいっていうそれだけしか考えられなくなる。

自分から積極的にキスをねだって、腰をまわしているのに気づいてる。

身体の深淵《しんえん》に、耳をすますようにして神経をとがらせて、その場所からはじまる波だけをとらえようとして身体を揺らす。

下腹に怒張しきった自分のペニスが当たっていて、そこからも快感が生まれていて——。

セックスマシーンになったみたいに、おれのなかは「それ」だけだった。

とろけている。かきまわされている後ろにあわせてきつく勃ち上がったペニス。

高く上げた両足を脇に抱えるみたいにして引き寄せ、腰をグラインドされて——。

「声、出せよ。さっきは我慢させてて聞けなかったし」

なんて耳もとで言われて、そそられて、あえぎ声を出して——だって出ちゃうんだよ。

突っ込まれて、ゆすぶられて、それでこんなに感じちゃうなんてって頭のスミでは思うんだけど。

「溶けちゃうよ……」

はぁ……って息と一緒につぶやくと、

「またそーゆー可愛いこと言うし」

もっと激しくゆすぶられて――。

シラフじゃあ言えないような、そんなことばかりうわごとみたいにして言っていた。

ぎゅっと抱きすくめられて、くちづけられて、頭が真っ白になった瞬間に、おれのなかの匡が大きくふくらんだのを感じた。

足の付け根に力を入れて、なかの匡を締めつける。

締めたとたんにおれもどうしようもないぐらいにイイ感じになって、いっぱいの限界になってしまって――。

二人して同時に射精した。

息を切らして抱きあって倒れて、うっとりとくちづけた。

引き抜かれた感覚がこそばゆくてまだ快感の名残りがあるそこに火をともすような感触で、

「あ……ん」

「ま～た、色っぽい声出すし」

ピンッと額を指ではじかれる。

「泊まってけ。今日も明日も仕事休みだから」

おれはコクンとうなずいた。

5

ピンポ〜ン。

ドアチャイムが鳴って、おれは慌てて階段を駆け下りる。

どういうわけか、週の半分の夜を匡《まさし》の家で過ごすようになって二ヵ月弱の朝である。

さすがにそれだけの時間が経《た》つとしつこくまとわりつく猫たちを蹴飛ばさないように身をかわすことに身体《からだ》が馴染《なじ》んできていた。

昨晩は匡は仕事で、おれは忠犬ハチ公のように匡の匂いの染みついたベッドでぐで〜んと眠って待っていた。

帰宅は今朝の五時で、ドサッと倒れ込むようにしてベッドにはいってきた酒臭い匡はそのままおれの隣でバタンキューでした。

そんなんじゃあおれがいても、いなくても関係ないじゃんかと思うのだけど、どうしてか匡は別になにをするでもなく側《そば》にいて欲しいみたいなところがあって。

言葉で言われたわけじゃないけど、そうしてあげると嬉《うれ》しそうにしているから、ついついおれも住み込んでしまっている昨今なのだった。

で、今は朝の七時過ぎぐらいで、

「はい、はい〜っ」

カチャリとドアを開けると、

「大家さん、ごめん。アタシ物乞いに来たわ」

「はい〜？」

生真面目な顔をして唐突に「物乞いに来た」と言ってきた相手は近所の奥さんで、年齢は六十代、まんまるな顔とまんまるな身体つきの愛嬌《あいきょう》のある肝っ玉母さんである。

「ゴミ収集所ね、あの段ボール貰《もら》っていいかしら？」

「……いいんじゃないですか？」

なしくずしにアパートの大家として認識されることになり、町内会活動、町内会会議といったものに参加して知った。年輩の男性・女性っておれ以上に会話が唐突なんだよね。

正常なるコミュニケーションというか「大家さん、ゴミ収集所に段ボールが出ていて、うちはどーたらあーたらの理由でそれが欲しいので持っていっていいかしら」というようには話さない。

いきなり、結論を話す。

それにゴミ収集所は大家の管轄と違うんだけど。

マメにゴミ収集所を掃除してたら、いつのまにかおれがゴミ収集所の責任者になってしまっていた。

そして今、匡の家におれがいるって見当をつけて近所の人が来てる、その状態は新藤《しんどう》さんの噂《うわさ》の伝達力の成果でして、だけどみんなが善意で見ていてくれるのはやはり新藤さんがなにやら適当におれたちのことを美化しているからで、おれはその、美化された自分、の維持に努めているのである。

『新藤のばーさんはおれたちを嫌わない限り味方で、あのばーさんが味方である限りおれたちはこの近所ではアウトサイダーにゃあならんだろうなぁ』

とは匡の解説で、そーゆー実力者の新藤さんに気に入っていただこうとおれはコマメに大家稼業を務めているのだった。

サンダルをつっかけて訪ねて来たおばさんの後ろについて外へ出る。

玄関からホウキとチリトリを手に持って出てしまうあたりが主婦っぽくなっているなぁ。おれ。

「あの段ボールなんだけど」

おれのアパートの向かいに位置するゴミ収集所に、たたまれて梱包《こんぽう》された段ボール箱が山積みになっている。

「あれ？　今日って燃えるゴミでしたっけ？」

段ボールってゴミの分類だとなんだろう。資源ゴミだったたっけか。

「いいんじゃないですか？　え～と。これ全部必要ですか？　一応みんな綺麗《きれい》みたいだけど」

腰を屈《かが》めて箱の汚れを確かめる。

「ええ。貰ってってもいい？」

「いいと思いますよ～？」

で、グッドタイミングで新藤さんが登場する。

絶対になにかあるたびに登場する新藤さんは「町内事件探知機」を所持しているとおれはふんでいる。

科学的に解明して欲しいぐらいに地獄耳なのである。

研究したらきっとなんらかの新事実が発見されて、人類に貢献しそうだけどなぁ。

「新藤さん。いいですよね？　この段ボール持ってっても？」

「大家さんがいいって言うならいいんじゃないかねぇ」

なんでそこでおれのことを立てるような発言をするかは謎だが、押しの強い頼りがいのある実力者の新藤さんがおれを妙に贔屓《ひいき》してくれるせいで——おれは今やこの鈴見《すずみ》町町内では「立派な大家」として通っている。

「ありがとうございますぅ」

コロコロと笑いながら段ボールおばさん退場。

持ってきたホウキとチリトリでステーションの清掃をササッと済ませていると、

「いや～、このあいだの町内会会議はすまなかったねぇ」

新藤さんが目を細めて言う。

「え？　なんかしましたっけ？」

「ほら、うちの町内にいるヤクザさんの家の会費の取り立てだよ。誰が行くのか、怖いってもめてたのをあんたが切り盛りしてくれたんだってねぇ」

「ああ……あれねぇ」

おれは乾いた笑い声を上げる。

一昨日《おととい》、町内会会議があったのだ。

『ヤクザ屋さんの家があって怖くて会費が取りに行けません』

という申告があり、みんなで猫の首に鈴をつけるネズミのようになって押しつけあっていたのでおれが、

『ダンナさんがヤクザさんでも奥さんはヤクザさんじゃないなら、昼間に行ったらどうでしょう？　なんならおれが行きましょうか』

と請け合ったのだった。

ヘンな理屈だなぁと自分では思ったのだが、近所のおじさん、おばさんたちにとっては有効な解説になり得たらしい。

だけどヤクザさんの家だからといっても、実際に行ってみないと怖いかどうかなんてわからないと思うわけだよ。それにヤクザさんの家族だからってみんな強面《こわもて》ってこともないだろうし、

だいたい昨今はいろいろな事情があるから一般人、ご近所の人には人当たりのイイ人を演じているパターンが多いんじゃなかろうか……とかさ。

「一人で行ったのかい？」

「いや。依斐《いび》さんと」

匡と二人で話のネタになるかもねと会費をもらいに行ったのだった。

ドーベルマンを飼う立派な家だった。インターホンで事情を話すと、家族構成的にはどちらさまかはわからない強面のお兄さんが出てきて「マズイ」と思ったんだけど、ちゃんと支払ってくれた。しかも一年分、前払いで。

「ああ……衆道《しゅどう》だしねぇ」

衆道ってのは、辞書を引いたら男色、のことだった。

ひきつって言葉を返せないでいたおれに、

「そんな顔しなくともあたしゃ、他のみんなにはそんなこと話していませんよ。これはあたしの胸ひとつにしまった秘密だからねぇ。墓場まで持っていってあげるよ」

墓場まで持っていかんでもええわい。

とは言い返せなかった。

押し黙って掃除をするおれに、ヒヒヒ……と悪人じみた笑い声を漏らして新藤さんが言った。

「おもしろいねぇ。あんた、顔に全部出るからねぇ。からかいがいがあるねぇ」

おれの頬がヒクッと動いた。

顔に――出ますかねぇ。

日々、言われているからそうなんだろうけど、だからって即「からかって遊ぶ」方向に思考を持っていく人物ばかりがおれの周囲に集うのはなんの因果なんだろう。

と思う昨今だ。

「……素直なんだろうねぇ」

ふっ、と、張りつめた糸をプツンと切ったようにか弱い声で新藤さんがつづけた。

「え？」

言葉じゃなくその言い方に驚いておれは新藤さんを見返す。

業突張《ごうつくば》りな元気なばーさんらしからぬ声だったから。

「なんだい？」

おれが様子をうかがうのに、新藤さんは腰に手を当てて下からすくい上げるようにしておれを見ている。

寂しそうに見えた――気がしたのは一瞬の気の迷いか。

「いえ。……掃いたゴミを集めるの手伝ってくれますか？」

「立ってるものは年寄りでも使えっていうつもりかい？」

ブツブツ言いつつも新藤さんはおれの手からチリトリを取って、集めたゴミを入れやすいように地面に置いた。

「そう、そう。立ってるものは新藤さんでも使わせてもらいますから」

おれは軽口を叩《たた》いて新藤さんの手もとのチリトリにゴミを掃き入れた。


ホウキと、集めたゴミをチリトリごと持って匡の家に帰って処理して居間に上がると、

「おはよ」

キッチンのカウンターに上る猫のチャランと向きあって匡が煙草を吸っていた。

「おはよ。早いね？　ほとんど今朝じゃんか。帰宅。いいの？　こんなに早く起きて」

「いいの。おはようのキスしてもらいたいから早く起きたんだよん」

それでもってこの男はそういうことを平気で言っておれを赤面させるのである。

「チャランにしてもらえよ」

匡によると「おれに似ている」らしい茶色のトラ猫がゴロゴロいって額を匡の指先に押しつけている。

「ん〜。チャラン、おはよう」

わざとらしいチュッという音をたてて猫にキス。

それから煙草を指にはさんだまま相変わらずの新聞敷きの部屋をスタスタと横切っておれの方へ来る。

「広夢《ひろむ》～。モーニングキスは～？」

唇をとがらせて子供みたいに寄り目になってせまってきた匡の唇に、チョン、とくちづける。なしくずしにそういう関係になってしまったことに疑問もあるが。

「さんきゅ。今日はおれ仕事おやすみだから～後でまた来てね～。それで学校に行く前には、おやすみのキス、してってねぇ～。おれ、寝直すから」

「だったら起きてくんなよっ」

「だって会いたかったんだも～ん」

煙草くわえて、寝癖の髪で、ヨレた格好の匡の朝のスタイルがどんな匡よりも親しみを持てる。

だから、好きなのかなと思うのだ。

流されまくりの恋だとしても、好きになっているのだと。

匡はどういう理由でか床に転がっているコーヒーの缶を拾い上げてそのなかに煙草の灰を落としながら、

「誰来たの？」

「あ？　近所の……ほら、大間《おおま》さんのおばさんがゴミ収集所のことで」

「ふ～ん」

「そういや新藤さんにも会った。なんか……ヘンだったんだよね」

今さっき清掃してきたゴミ収集所より乱雑な室内にさすがにいたたまれなくなり、おれはあちこちに散らばっている正体不明のものを拾い集めながら先刻のことを話し出した。

「ヘン、て？」

「気のせいかな？　ちょっと元気なさそな感じ」

「広夢がそう感じたんなら、元気ないんでしょ。きっと」

安易に受け流す匡に顔を上げて尋ねる。

「なんで？」

「だって広夢、猫みてーだもん。寂しい人間に気がついて慰めてくれるためにすり寄るんだよね。本能みたいに」

「そうかぁ？」

猫って――匡にとってはそういう生き物なんだなぁって思いながら、おれはまた床に視線をもどす。腰を屈めて缶や、ティッシュや、チラシを拾う。

そしてそれじゃあこんなにたくさんの猫を飼うぐらいに匡は寂しかったのかと思う。

どうしてだろうと思うけれど、訊《き》けない。言いたくなったら、言ってくれるだろうと待っている。という思考もまた猫みたいなんだろうね。匡にとっては。

「だけど新藤さんが寂しいってのもヘンな感じ」

へらっと笑って、しんみりとした空気を緩和させようとしたのに、

「んなことないでしょ。壊れた性格の人間ってたいがいみんな心のなかが寂しいもんだよ。寂しいから壊れるのか、壊れちゃったから寂しいのかわかんねーけどあの人の押しの強さは度が過ぎてて壊れ気味にみえるし」

匡は煙草の火口をぎゅっと缶の縁でつぶして火を消した。

「匡も寂しいの？」

「なんで？」

じっとおれを見返す目が、最初に出会ったときにおれを放っておけない気持ちにさせたあの目だった。

サンタクロースのプレゼントを貰いそこねた子供が、隣の家の子供が嬉しそうにして大きなクリスマスプレゼントの包みを開いているのを脇でじっと見つめているみたいな瞳をしている。せつなそうな、辛《つら》そうな、なんともいえない不可思議な目をしている。

「だって匡、性格壊れてるしさ」

笑って誤魔化した。

「どーせ壊れていますともさ」

ふてくされた体《てい》で匡がそっぽを向いた。

おれは集めたゴミをゴミ箱にシュートしてから匡の側によって、猫と同じようにして額を匡の胸に押しつけた。


大家として働いてはいるもののおれの本業は学生である。

というわけで当然、ちゃんと通学もしている。

お目覚めのキスにつづいてちょっと過激なおやすみのキスをかわしてから大学へと登校した。

講義をふたつ消化しての空き時間、大学の構内のだだっ広い道路を歩いていると背中を叩かれた。

「真島《まじま》っ」

「ん?」

野太い陽気な声——野宮《のみや》だった。

「今日、講義終わったらデートせぇへん?」

「駄目」

「つれへんなぁ～」

おれに絶好のタイミングで恋をする勇気をくれた告白をかました野宮にはちゃんと『好きな奴《やつ》がいるから』とお断りの言葉を返したのだが、その相手が男だというのをかぎつけた野宮からさらに激しいアタックをかけられているこの頃だった。

いわく、

『ゲイやから嫌い言われたら諦めんねんけど、ゲイでもオッケーや言うんやったら』

プラス、

『キュウリの漬け物をいっぺんに食えへんよ〜なコマい真島は、じきにふられる思うねん。そんときがチャンスやと……』

どういう理屈なんだか。

「な、どこ行くん?」

「茶店」

空いた時間に学内から少し離れた場所にある喫茶店に行って、コーヒーでも飲んで——大家として徴収した街灯補助費を計算して帳簿につけようとしていたんだけど。

きっと野宮はついてくるよなぁ。

おれに承諾を求める必要もなし、といった感じで当然のようにおれの横にピッタリとくっついて歩いている。

野宮は学内車両通行止めのために設置されている杭《くい》——人間しか通れないように出入り口を

狭くして封鎖しているんだよね——を長い足でひょいっとまたぐ。

そこを越えると一般道路で——緩いカーブの舗装路の脇にポプラ並木が連なっている。

「なぁ、真島ぁ。有名なポプラ並木ってここや思うてたけど、ちゃうんやってなぁ」

「え？　そうなの？」

「なんや、知らんかったんか？　ポプラ並木は農学部の畑とかある方の狭～い、短～い道なんやて。見に行ってがっかりしたわ、おれ」

「ふ～ん」

「後で連れてったろか？」

「うん。今度」

なにげなく応じたら野宮が「え？」という顔をしておれの顔をまじまじと見返した。

「なに？」

「なんや今日、真島てば機嫌ええんとちゃう？　今までやったらすげなく却下や。こんな提案。それに……いつも以上にカーイイ顔しとるし」

立ち止まり、ぐいっと顎をつかまれて上向かされる。

しげしげと人の顔を見つめてなにか楽しいか？

「なんだよ？」

頭を振って逃れようとしたのを強引に腕でまき込まれた。

というようなスキンシップをこの頃の野宮はさかんにしてくるので――まいったなぁ。もう。

「最近、おまえ色っぽいけど。今日はまた……」

おれよりも頭ひとつ以上でかい野宮に押さえつけられて――そりゃあ暴れたら逃げられますが――。

そんなことを言う野宮の方が本日、やけに色っぽくもせつない目をしていることを至近距離で見つめられて気づいてしまう。

真顔になっておれを探るように見ている。

「そっちこそ今日は渋いね」

野宮って普段ひょうきんなせいで気にとめなかったけれど、結構渋い顔つきしてたんだ。

一重で切れ長の鋭い目が笑顔ではない今は狡猾《こうかつ》っぽい。

すべてが大きめで、ゴツゴツとした、彫り込んだみたいな顔が逆光で影になる。

「振られても好きや言うとる相手に向かってそういうコト言う真島て……悪魔」

おれは、ガツンと野宮の股間に膝蹴りをくらわせて、

「こ~んな可愛《かわい》らしいおれさまをつかまえて悪魔やなんてイヤやわ~、野宮ったら」

うずくまった野宮にアカンベをしてしなを作って言うと、

「そーいうんが小悪魔や言うとんねん。しまいにゃ犯すぞっ」

道路にしゃがみ込んで股間を両手で押さえていたら、どんなドスのきいた声でも説得力はな

いのだった。

おれは野宮の前に座って顔をつきあわせ、

「そういうのやめようよ～。なぁ～、野宮には感謝しているんですけど。いろいろと、おれ」

「しゃあないやんか。好きなもん、止められへん」

子供みたいに唇をとがらせて、アヒルの顔つきで野宮が言いつのる。

だだっ子だよ。これじゃあ。

他人のことあれこれ言えるほどオトナなおれじゃあありませんが。

「でもおれ好きな奴いるから」

学校の脇の道路で小声でこんなこと話しているおれたちって大馬鹿だよな。青春って感じか。

「じゃあそいつに会いに行くわ。おれ。今日」

「なんでぇ？」

「諦めさせてもらわな、諦められへん。めっちゃ好きやねんもん」

「どこが？」

はっきりいって不思議だった。

おれのどこにいったいそんな魅力があるわけ？

顔はどーやら可愛い部類らしいけど、でも顔で食っていけたり、芸能人になれるほどの美貌ってんじゃないよ？　とりたててどうってことのない十八歳の、当たり前の男だよ？

「おまえ、おれが好きや言うても、避けへんかったやんか。男が好きって言ってもさ」

冷静な口調で野宮が言った。

大切なことを言う人の口調で、自分の気持ちを噛《か》みしめるみたいにして。

「避けないだろ。ふつう」

ゴツイ、渋い、図体《ずうたい》のデカイ男が巨体を縮めて、真摯な顔でもごもごとささやいていて、おれは路上でそんな相手につきあってペタリとアスファルトの上に腰を下ろしている。

頭上高くで、風が抜けて並木の葉を揺らす音がする。

朝早くもなく、まだ昼どきでもない半端な時間のせいか歩道を通る人はおれたち以外にいない。

車だけがひっきりなしに車道を往来している。

「真島は別に気にしとるわけとちゃうのに、絶対に他人のこと傷つけるようなことせぇへん感じやん。育ちがいいっちゅうか、素直っちゅうか。格好ええと思う。おれ」

絶句するおれに、

「だから好きになった」

そして、

「今日、おれ真島んちに行くから。おまえの男、見せて諦めさせてくれ」

ぐいっときつい目で言われて、気圧《けお》されておれは、うなずいた。

結局――。

かわしきれずに野宮と二人でおれのアパートに帰ることになった。

恋人としては好きじゃないけれど友だちとしては好きっていう、一番、扱いづらいところに野宮は位置している。

帰り道の途中、レンタルビデオ屋の前で、

「レンタルビデオ屋でＤＶＤ借りて……」

おれの服の襟首を猫の子のようにして後ろからつかまえて野宮が言う。

「借りてけないって」

「なんで～？　殺生やでぇ～。おれめっちゃ、立場ないやん。気まずいやん。真島とその恋人と――おれやねんぞ？　うまく会話まわるか～？　間ぁ持たんかったら困るからなんか借りてこう～？」

「おれん部屋《ち》にはＤＶＤがないのっ」

「え～っ？」

「悪かったなっ。貧乏で」

「大家さんのくせに？」

「放っといてくれっ」

大家職をやっているからといっておれに収入があるわけでなし。

貧乏学生なままなのである。

「それじゃ恋人の家は？」

「う～ん？」

立ち止まって考える。

カーペットの代用に新聞を敷きつめた居間にソファ、テレビは、あった。ＤＶＤ再生機もあったようだ。それを使用しているところを見たことはないが。

「あった……かな？」

「んじゃ借りる」

野宮はおれの服の背中を今度はつかんでレンタルビデオ屋へと引きずっていった。

「誰が匡の家に連れてくって言った～？」

「マサシさん言うわけや？　そうゆうたら真島、おまえおれの名前聞いてもくれへんな？　名字しか知らんやろ」

「野宮だっておれの名前知らないだろ？」

「知ってる。広夢やろ」

自動ドアが開いて——閉まるまでにそれだけのことを言いあう。

店内にはいると野宮はおれをつかんでいた手を離した。

「かなわんなぁ〜。こんなモンつけて毎日学校に来るし」

つ……とおれの首すじにひとさし指を押し当てる。

「キスマーク。少しは隠しなさい」

関西のイントネーションで、リズムで告げて、野宮を睨《にら》み返したおれに、

「でも覚えとこ。真島はここが弱いねんな」

「野宮……」

ひきつるおれに底意地の悪そうな笑顔を見せてＤＶＤの棚を検索に行ってしまう。

その背中を見送る。

まいったな〜。

おれは呆然《ぼうぜん》としてしまう。頭を抱えて、このまま逃げて帰りたい。

一瞬、そうしようかと思う。

でも明日には学校で会うだろうし、今、逃げても意味がない。

「おれにどうしろってよ」

はぁ〜っと吐息をひとつ。それからホラーとサスペンスという札のかかった棚の場所へと野宮を追いかけた。

6

「汚い家やなぁ〜」

さすがの野宮も匡の家の状態には絶句していた。

一歩はいったまま立ちつくすこと数秒——。

「いらっしゃい」

どんな顔をして迎え入れてくれるのかとビクビクしていたおれだったが、匡はニコニコと愛想よくズタボロのソファの上の猫の毛を払って、

「ま、座って」

と野宮に声をかけている。

「え〜と。学部の友人で、野宮くん。こっちが近所の友人の依斐さん」

あいだに立ったおれはそんな当たり障りのない台詞でもってお互いを紹介し、

「新聞紙のインクがつくからスリッパ履いて」

と野宮にスリッパを渡す。

匡は玄関でおれの後ろにくっついていた野宮の巨体に一瞬、目を丸くしたが、その後はごく普通に人当たりのいい態度をとってくれている。

「近所の友人ちゃうやろ？　恋人やろ？」

野宮は借りてきたＤＶＤを匡に差し出しながら愛想よく一言、のたまった。

「ね？　依斐さん？」

どすんっと勧められたソファに腰を落として明るく言う。

匡は「おやおや」という顔をしておれの方を見た。

「ＤＶＤ見に来たの？　そういや広夢の部屋にはＤＶＤなかったもんなぁ」

受け取ったレンタルビデオの袋からＤＶＤを取り出し、セットをしながら匡が変わらない愛想のよさで返す。

心なしか——気のせいか——なごやかな口調と顔つきの二人のあいだに緊迫した雰囲気が漂いだしたような——。

「いきなり３Ｐお願いするわけにもいかへんやろから、まぁ挨拶代わりにＤＶＤでもっちゅーところろっすかねぇ」

……野宮？

誰かこいつを止めろ。

おれの意識が彼岸に行きかける。

「……笑えないよ。その冗談」

返した匡がうっすらと笑っているのが微妙に怖い。

野宮も同じようにして唇のはしだけで笑っているのがよけいに怖い。

空気が寒い。

「これってどんな話なのかなぁ？」

その場の冷たい雰囲気に耐えかねておれが言うと、

「ホラーとちゃうんかなぁ？　まだ見たことないから借りてきてんけど」

ソファに腰かけた野宮が、

「真島も座れば？」

と自分の隣をパンパンと叩いておれを呼んだ。

おもわず匡をうかがうと——怖いよぉ。

ニコッと、巨大猫の、底知れない悪ダクミを企てている笑顔でおれと野宮を交互に見比べている。

「え……と」

「座ったら？　広夢？　どっちにしろうちの居間はそのソファ以外に座る場所ないんだし。それとも新聞紙の上に座りたい？」

匡はおれをぐいっとつかんで野宮の横に座らせ、自分も座る。

三人掛けのソファに、男が三人横並びで密着して座る。

おれをはさんで匡と、野宮。

こういうときに限って右往左往するでもなく、ひたすら眠っている非協力的な猫たちに期待するが——どの一匹としてニャンとも言いやしない。

どうしてこんなことに？

よもや本気で3Pなんてないですよね？

横目でそれぞれの顔色をうかがうと、

「広夢、目で尋ねない」

苦笑して匡がささやく。

「期待してんねやったら別やけどな」

野宮があっさりと言う。

「おれってそんな見ただけでなに考えてるかわかりやすいわけか？」

おずおずと尋ねると、

「それもあるけどな——札幌《さっぽろ》って広いようで狭い街なわけよ。おれ、このマッチョで愛嬌のあるオットコマエの兄ちゃん、何回か会ったことあって趣味知ってんだよな」

「おれも、この優男で色男の二枚舌の口のうま～い兄ちゃんのことは知っとったわ。まさかこいつが真島の相手とはな～。おまえ、だまされとるんとちゃうか？」

おれの思考回路は停止した。

「広夢、知ってたか？　野宮くんはすでに一度、H大をご卒業なさっているわけだ。経済学部を卒業して、なにを思ったかまた今度は理系にはいりなおして学生生活を他人の倍、楽しもうとしているそういうドラ息子なんだよな。だから年は広夢の四つ上。アッチの方なんかはもっと上かね？　このガタイだしな。いろいろとお噂はうかがってますがね。ススキノで遊びまくってな～。実家は歯医者さんだそうなんだよ～ん」

「う、うそ……」

「いや～はじめてお会いしたときにはそりゃあ親切に丁寧に舌つこうていただきまして。その節はどうもっちゅうとこですかね。あんたより口のうまい相手はあの後でもおらへんかったわ」

「舌って……」

こいつらやってんのか？　やってんのか？　やってんのか？　……思考にエコーがかかった。

二人が恋仲だったとか？

頭のなかが真っ白になる。

「広夢、おかしな想像してねーか？　おれらは男の好みがバッティングすることが多くてさぁ、二人で一人を共有した夜が何度かあるってだけで」

ひ～っ。

「お……おれも共有されちゃうの？」

おれの肩をさりげなく抱いて、喉を指でくすぐっている匡と、おれの膝の上になにげなく手を置いて、太腿《ふともも》を撫《な》でている野宮という二人にはさまれて——この状態で思考停止させたり、心の言葉にエコーかけていてはいけないぞ。おれ。

自分で自分を叱咤《しった》激励する。

逃げなきゃっ。

「しない」

匡がきっぱりと言い切って、おれの膝にあった野宮の手をバシッと払いのけた。

「お？」

野宮が払われた手を大げさに振って目を瞠《みは》った。

「広夢はおれんだも～ん。絶対に他人には触らせないも～ん」

匡はおれをぎゅむっと抱きしめて、おれを引き寄せながら野宮を蹴飛ばした。

「いてっ。んやねん。そんなに本気なんかい？」

慌ててソファから立ち上がった野宮をさらに何度も蹴りつけながら、

「生まれてはじめて本気だよ」

おれの顔を自分の胸に押しつけながら匡が静かに言う。

ドキッとした。

「わかったから。座らせてぇな」

「もう触んない？」

匡がおれの所有権を主張するようにして言う。

おれは品物ではないし、所有されて嬉しいはずがないのに、くすぐったいように嬉しい。心の一部を所有されて、所有し返す。そんな束縛が心地よいと思える。

これはもう恋だなと思う。

あやふやだった身体だけの関係に名前がついた。

「触りません」

生真面目な声で野宮が返す。

顔を上げて見ると、野宮は両手を上げて降参の姿勢で笑っていた。

「荒れとったのに……依斐さんエエ男にならはりましたね。なんでですのん？」

「時間が経てば人も変わるしな。ちょうどいい頃合いにちょうどいい感じに広夢と会って、これからまた変わってけそうだから。野宮くん、悪いけどジャマすんな。おれはまだリハビリ中だから、ちょっかい出すと広夢が泣くはめになる」

「都合ええし、慰めたりますけどな」

「野宮くんはおれと違ってそーゆー殺伐とした恋愛出来ないでしょうが？　泣かせるようなことして手に入れることが出来るような男でしたっけかぁ？」

「依斐さんみたいなエグイことは、ちょっと……」

野宮は苦笑して言葉をにごした。

おれの知らないあいだに、おれの知らない二人は、いったいどういう日々を過ごしてきたのか。

しかもおれをあいだにはさんで、おれを無視して会話してるし。この二人は。

「そゆわけで野宮くんこのまま帰りなさい」

匡は偉そうに野宮に命令しているし。

「そうしますわ。3P出来なさそうやし〜。じゃあ真島、DVD明日学校まで持ってきて？　せっかくややから見て感想聞かせてな」

「野宮？」

あっさりと言って帰りかける野宮に問いかけると、

「これ見てるあいだの二時間、セックスなしになるやんか。依斐さんってなぁ〜、嫉妬したりすると燃えるクセあってなぁ〜。真島、今日、寝かしてもらえへんよ？　……っちゅうわけで、依斐さんせめてDVD見るあいだぐらい手加減してやってなぁ〜？」

そういうことを質問したわけじゃあなく。

でもそれではなにを質問したかと訊かれたら自分でもよくわかりませんが。

言葉を失ってしまったおれを無視して野宮は玄関の靴を履いて出て行ってしまうし、匡はおれを抱きしめて放そうとしないし……。

「どうなってんの？」

「男にはいろいろと過去もあるんだよん」

ちくしょう。わけありを匂わせやがって。二人して。

「お……おれだって男だ」

「知ってる」

匡はおれの股間をソフトにタッチした。

「……あ……」

「広夢は充分に男だよね～」

布越しに焦《じ》らすようにしてあやされて簡単に腰砕けになるおれの耳に、匡は意地の悪い口調でささやいたのだった。

「……見なきゃ」

ソファにやさしく倒されて、匡の肩の向こうに見える画面に視線をこらす。

「いいよ。見て」

匡はおれの胸をまさぐりながら母親が幼児の着替えを手伝うようにして衣服を剝ぎ取ってゆく。

からかうような愛撫《あいぶ》をほどこす唇と舌をかわして、必死でＤＶＤの画面に意識を集中する。

淡いブルーに沈む不思議な画面が揺れている。

「説明しろよ。誤魔化すんじゃねーぞ」

ＤＶＤを見ることでどうにか理性を保ちつつ、セックスではぐらかそうとしている感のある匡の指を逃れて訴える。

「なにを？」

「今の野宮との会話のあれこれっ」

「おれは嫉妬にかられると燃えるクセがあるらしいってこと？　説明するよ？　これからゆっくりと……」

まだうなだれたままのおれのスイッチに匡が触れる。理性と野性のプログラムを交換させるオスのスイッチ。レバーを作動させて、立ち上がらせようとする。

流しっぱなしのＤＶＤでは、漂白したような水色の瞳の女優がなにかを言っている。意志の強そうな、それでいて哀しげな瞳はその背景の画面と同じ水の底のようなせつないブルーだ。

霧がかかったようなブルー。

「そういうことじゃなくって」

「ＤＶＤの内容ならおれが教えてやるよ。おれ、見てるもん。これ。映画館で」

訊きかけて、口を開きかけて、そのまま言葉を呑《の》み込む。違うよ。ＤＶＤの内容じゃなくてそれよりもそれを一人で見たの？

誰と見たの？

あんたの過去を知りたいんだ。

なにも知らなかった、知らないでいた、わけありらしい過去を。

「誰と？」

匡は顔をあわせるのを避けるようにしてキスをしないままで、下着だけにしたおれの下半身を生地の上からなぞる。言い訳のようなセックスじゃあ勃《た》たないよ。

おれはそんなふうにスレていない。

「一人で見た。ヒマつぶしで。内容はね、虐待された子供と、その子供を助けるために身体を張った母親の話。かわいそうな映画だったよ」

しんとした、ＤＶＤの画面と同じような——色にたとえるのならブルーの声で匡が言う。

「ひでー親父《おやじ》でさ。ロクデナシの親父がいてさ」

一瞬、なんの話かわからなかった。

立ち上がらないおれのスイッチに諦めたようにして顔を上げて、おれの顔をのぞき込んで、

「画面、見て」

と言う匡の言葉でＤＶＤの内容なのだと思い当たる。

狭いソファのおれの横に割ってはいり、おれの頭の下に腕を差し入れて、腕枕をしつらえてから、

「そんなに怖い顔しないで。ＤＶＤ鑑賞につきあってやるから」

「ＤＶＤのことじゃ……」

おれの言葉を奪うようにして匡が言う。

「自分の娘に自慰行為っつーのを手伝わせてる父親がいて、それを母親は知るわけだ。しっかり者の奥さんで、ロクデナシの亭主に隠れて金持ちのメイドをして働いてコツコツ金貯めて娘の学費にあてようとしてるようないい母親でさ。で、娘を虐待されてんだって知った母親は、殺しちゃう。ダメな親父を。娘を守るために」

ＤＶＤの画面では疲れた顔をした美人がなにかを怒鳴っている。

おれの頭のなかでカチカチとなにかがパズルみたいにして組み合わさりかけている。

虐待？　自慰行為？

唐突すぎてよくわからないけれど。

なにか大切なことを聞かされている雰囲気だ。

「娘は遠い都会で働いているけれど、メイドとして働いていたところの雇い主を殺害したっていう容疑で母親が逮捕されて田舎にもどる。なにもかも忘れて、過去なんて捨てて、暮らしてたけど……不幸だった娘がさぁ……」

「匡、ＤＶＤの話じゃなくて……」

おれがやっと声を押し出して尋ねると、

「あせんないで」

言葉よりも雄弁な、やさしい、愛しいキスが降ってくる。

「もっと落ちついて。もっと落ちついておれのこと好きになっていって。急がないで。少しずつ、順番におれのなかにはいって」

匡はおれを抱きしめてからゆっくりと身体を移動させて、DVDの画面の方へとおれの背中を押した。

ソファに二人して寝そべったまま、背後から抱きしめられるような形になる。

おれの胸の前で匡の腕が交差されている。

後ろに当たる匡の股間が熱く高ぶっている。

半裸のおれはいつになく冷静で、衣服をつけたままの匡の息の方が荒い。

おれが平静なのに匡だけ——なんてはじめてじゃないかな、なんてぼんやりと思う。

そうやって不自然な格好で二人してDVDをながめる。

淡いブルーの画面に光が満ちる。

まるでトンネルを抜けたようにして幸福の象徴のような明るい画面が挿入される。

そしてまた沈んだブルー。

印象的な画面だった。

過去の記憶のシーンの方は美しく丁寧な色をしている。

それでいて深い陰影にふちどられて蒼《あお》いのは現実の世界の方なのだ。

光と影が逆転している。

過去と今が交錯している。

「かわいそうな映画なの？」

耳たぶを甘噛みされても、その気になれないおれは、ＤＶＤの画面を見つめながら匡に訊いた。

「そう……だね。……かわいそうなのはね、虐待されてたことでも、事件が起きてしまったことでもなくてさ。現実の今が霧みたいな青い色のなかにぼんやりとあるのに、過去の記憶は弾《はじ》けるようにキラキラしていて綺麗だっていうことだよ」

「そう……なの？」

ＤＶＤの説明をしながら、自分のことをたとえているような言い方だった。

だからおれは耳をすます。

匡に言われた通りに——もっと落ちついて。

もっと落ちついて、そう自分に言い聞かせる。

落ちついて、少しずつ、順番に心のなかにはいっていけるように。

束縛されている喜びが苦痛へと変化しないような、そういうやさしい関係を築き上げられるように。注意深く、恋をしなければ。

そういう相手だと、やっと、知る。

今まで感じていた匡のバランスの悪さや、不思議さに、触れかけている。

たくさんの猫たちと暮らしている、寂しがり屋の、軟派師。

「人間の気持ちや心はうまく歯車が噛みあうようにはまわらなくて、壊れちゃうことがある。愛しあうっていうのは——痛ましい努力の積み重ねで、たやすく壊れる。肉親でも、他人でも。傷ついて、傷つけて、だけど生きていかなきゃっていうのが、かわいそうで、せつないっていうそういう映画」

身体をあわせるのと同じように、心を重ねるのにもはじめては苦痛があるのかもしれない。大切に、ゆっくりと、相手のなかにはいっていかなければ。

「匡も……そうなの？」

「なにが？」

「つまり……え……と……」

おれはコクンと唾を飲み込んだ。

緊張している。他人のカサブタに触れている感触がして。剝がしてしまったら血が流れる。やさしく触れて——子供にするようにおまじないをかけてあげたいのに。

痛いの、痛いの、飛んでいけ……って。

おれにそれが出来るのかが不安で心臓がバクバクいっている。

「過去の記憶の方が綺麗？」

「今の方が綺麗」

ほぉっと吐息が漏れた。

なにに対してなのかは、わからない。

ただ、安心する。そして気づかないうちに強ばっていた力が全身から抜ける。

「なら……いいよ」

なにがいいのかがわからないままで、おれが言う。

「くそ……野宮くんときたら……妙なＤＶＤ選んできやがって」

少しだけ立ち直ったらしい声で匡が毒づいた。

「でも野宮、このＤＶＤ、ホラーだって信じてたけど？　野宮は別に」

「広夢が野宮の味方した〜。おれ泣いちゃう〜。ぐすん」

おれの後頭部に顔をこすりつけながら匡が甘えた声でささやき、胸の前にあった手をそのまま下半身に移動させて——

「……こらっ」

下着のなかに手を入れて直《じか》に触ってこられてはっ。

「一回見た映画なんざ、やりながら見るんで充分でしょ」

「おれは一回もこれ見てないっつーのっ」

「じゃ、広夢はどこまでシラフで見ていられるか挑戦だ〜。よ〜い、スタート」

それで——

おれのＤＶＤに関する記憶は途中で途切れてしまう。

記憶。匡のオスのスイッチレバーの形状とか、味とか、ベルベットのようなやわらかく濡《ぬ》れた感触とか、嘗《な》められたり、嘗め返したり——夢うつつではめられた刻印。

刻みつけられて、つながったままで、放り出されてしまう心もとなさと、悦楽。

波間にたゆたうボートの上でされているような、静かな余韻。

吐息。

起き出した猫が様子を見にきて、ちょん、と弾力のある肉球で触れていき、そのときに二人して漏らした笑い声。

滴のように落ちてくる唇と舌が皮膚に描く快楽の模様。

溢《あふ》れる声。あえぎ声と、小さな悲鳴。甘い、繰り返される、ラブコール。アンコール。

アンコール。もう一度。

絶え間なくチャンネルを変えられるテレビ画面のように、すべての光景が、ぶれて、よじれながらおれの記憶の底に沈む。

狭いソファの上で何度もからみあい、むつみあった。

難破しかかった船に揺られるようにして。

その夜、おれのなかに記憶されたのはそんな快感の断片だけだった。

翌日――。

DVDを見て返してくれと言った野宮の台詞は、結構、計算高いものだったなと、野宮を目の前にして思い至る。

学食の喫茶室で煙草をふかす野宮は、今までの純情ボーイのイメージをすっかりかなぐり捨てて、性悪なふてぶてしい顔つきをしていた。

こうやって見ると、野宮と匡って、容貌はまったく違うくせして雰囲気は似てないわけでもなかった。

「真島ぁ、おれになんか質問ないかぁ？」

「ないけど」

おれは素っ気なく返答する。

「依斐さんとちゃんと話したかぁ？　なんか訊きたいことあったら教えたるけど？」

「訊きたいことは本人に訊く。それに訊きださないでも、ちゃんと向こうから自主的に言ってもらえるようにおれは努力すっからいいの」

つんっととがった声で言い返すと、

「やっぱ真島は素直で格好エエです。惚れ直します」

「からかうなよなっ」

「いや、ほんま。正直言うて、服着とる人間にあんだけやさしい顔して見せる依斐さんて、おれ、見たのはじめてやもん。あん人、脱いでる人間にはサービス精神旺盛やねんけど……って、これは今でもそうみたいやけど」

ニヤリと目だけで笑っておれを見つめる。

昨夜《ゆうべ》の記憶の残滓《ざんし》がおれの身体に染みついているようで、透かして見られているような気分になって、おれは慌てて視線を泳がせた。

「依斐さんて十四歳で家出して、それからずっと一人で暮らしとってんて。中学もマトモに通っとらんって笑っとったわ。昔」

「え？　そうなの？」

「そう。おれがシャベリやの依斐さんわかっとるから、言うとくけどな。なんや……ヘンな人やねんけど……やけにかわいそうに見えることあって、真島とは別の意味で男心っつーか、おれ心をくすぐる人間で……」

野宮は煙草をアルミの灰皿に置いて、頬杖《ほおづえ》をついた。

祈るように指をからめて、その上に顎を載せて、立ったままのおれの顔を見上げる。

「惚れとるわけでもない、せやけど気にかかる、そういう面倒な相手やってんな。おれにとっては。ま～そんなわけで」

スーッと、目を細めて、笑った。

今度はさっきとは別の柔和な笑顔だった。

「しあわせになりや。で、なれへんかったときは慰めたるし、報告してください。お待ちしております」

「……報告ってね」

「ところでDVD、見たか?」

ピキンッとおれの顔がひきつった。

「見せてもらえへんかってんなぁ?」

と、野宮はため息をしみじみとつき、

「やられすぎて、後ろ、ガバガバになる前に慰めさせてもらうことを希望します。おれ」

「馬鹿もの っ」

おれのパンチを顔面にくらってそのまま喫茶室のテーブルにつっぷして撃沈した野宮を見捨てて、おれはその場を後にしたのだった。

7

野宮の借りたDVDを見た日を境にして、匡はポツリポツリと思い出話をする老人のようにして、自分の過去の話をするようになっていた。

詳しいことはなにも言わない。

ただどうやらあまり幸福な十代を過ごしてきたわけではないらしい。

それだけがわかった。

それだけで充分だった。

庭の木に新芽が出て、小指の先ほどのエメラルドグリーンの色がこぼれるようにほどけて、そして新緑の若葉になる。

もうじき月が変わる、六月の終わり——。

そんな色づきはじめた庭に二人して出て土いじりに精を出すおれたちである。

昨夜も遅く帰宅した匡は今日は体調が悪いらしかった。

朝から気になる咳《せき》をしていた。

出会ったときから感じてたんだけど、匡って咳《せ》をするとき、妙に苦しそうなんだよね。

で——よく見ていると、どうやらそれって咳き込むのを極限まで我慢しているからららしいんだよね。

コンコン、と、小さな咳をくり返しながらプランターに花を活《い》けている匡の側に近寄って、顔をのぞき込んだ。

「あ、悪い。ごめん」

おれが顔を近づけると、匡が謝ってきた。

「え？　なにが？」

なんでここで謝罪されるかな。

「なにって？」

鳩《はと》が豆鉄砲をくらった顔って見たことがないけれど、そういう常套句《じょうとうく》そのままの顔をして匡がおれを見返している。

「あのさ、ずっと気になってたけど。なんで匡は咳をすることを無理に我慢しようとすんだろう？　それでさ、気になって側に行くと、謝るんだろうね？」

ストレートの直球を投げる。

「え？」

たぶん――自分では気づいていないんだと思う。

だけど匡はそういう不思議なクセをいくつも持っているんだ。

咳き込むときに我慢するクセ。そして咳をした後で困った顔をするクセ。

心配して側に行くと謝るクセ。

「そう？」

匡はしゃがんだ姿勢のまま、拳で顔をこすった。

「広夢は……ヘンなこと言うよね。そんなこと今まで指摘してきた奴いないけどね」

「どんなこと指摘されてきたわけさ？」

「早いとか、下手だとか、ワンパターンだとか」

匡にも「そういう時代」があったという暴露話でしょうか。

切磋琢磨《せっさたくま》されてたんでしょうよ。きっと。ずっと。そっちの方面ではね。ええ。

むっとしたのが顔に出たのか、匡はにこっと猫かぶりの笑顔を見せた。

「広夢はそっちの方には文句言わないよねぇ？　おれたちって相性ばっちりかも？」

おれは手にしていたブルーのホースを武器にして、匡の頭をぶちぶちと叩いた。

「痛いっ。こりゃっ。やめなさいっての」

手をつかまれて、引き寄せられる。

荒れてカサカサの飲んべの唇が間近だ。

男のくせしてリップクリームを持ち歩いてるのは唇が荒れやすいからだってことも、今はもう知っている。

本当にいろいろな小さな相手のクセや好みを収集している最近だった。

お互いに。

知りたくて。

とても、すごく、相手のことが知りたくて。

「咳すっとさ、うるせーって怒鳴られて、殴られたことが多かったのよ。ガキんときに。あんまり気にしてなかったけど、たぶんそれはきっとそういう昔の後遺症」

なにげなく言われた言葉に絶句してしまう。

おれって一般的な幸福な子供時代とか家庭環境で過ごしてきているので、こういうとき、返す言葉が出てこないんだ。

でも匡は本当に「どうってことないや」っていう調子で言うし。

だから――おれは匡の唇に自分の唇を擦《こす》りつける。

荒れた唇を重ねてするキスが痛みを伝えてくれるような気がして。

「庭先でこんなことして。誰かに見られちゃったらどうすんのよ？」

そんなふうに声をひそめて、それでも、かさついた唇がふわりと微笑《ほほえ》みの形を作るのに見とれる。

「いいんだ。そんなの。今、しあわせなもん勝ちだから」

それをおれがどういう意図で言っているのかを、きっと匡はわかってくれている。

出会えなかった過去の匡に、今のおれが言うことで意味が生まれる台詞。

「死ぬまでに、死ぬときに、しあわせだって言って死ねるもん勝ちだ」

おれは立ち上がってホースを引きずって、水道の蛇口をひねった。

白い小さなビーズのような飛沫《ひまつ》がホースからほとばしる。

匡はおれの撒《ま》いた水を浴びて、光のなかに出来た小さな虹のたもとに立っていた。

出会ったときにはまだ黄色く枯れていた芝もグリーンになり、並べられていたプランターにもたくさんの花が植えられていた。

「虹だ」

目をすがめて匡とおれのあいだにかかる虹の架け橋を見つめる。

「虹のたもとに幸福が埋まってるって伝説なかったっけ?」

靴と靴下とジーンズを庭土と水とで汚して、匡が笑う。

「あった。だったら今アンタの足のところにしあわせが埋まってるってことだな」

「ここ掘れワンワンってやつだな」

匡は足のつま先で地面を蹴飛ばして、土を掘り起こすふりをした。

ジェットコースターみたいに急展開ではじまったおれたちの恋は、ひとつのシーズンを通り越そうとしているようだった。

——もっと落ちついて、お互いを好きになって——

おれたちの日常はそんなふうにして静かに過ぎていった。

日曜日――。

大家稼業にもどうにか慣れはじめたおれは、町内会会議のために鈴見町会館の会議室へと向かった。

今日の議題は『猫に荒らされる庭について』だった。

猫ばーさんと呼ばれ、何匹もの猫を車庫その他に住まわせている大谷《おおたに》さんが、おれが会議室に入室するのと同時にキ～ッと怒りの声を上げていた。

「うちの庭の土を掘り起こしとるのはどこかの猫なんだよっ」

対して、こちらもウギ～ッと低音でうなっているのは八尾畑《やおはた》さんである。

ツルリと小気味いいぐらいに禿《は》げたテカテカ光る頭がチャームポイントのじーさんである。

八尾畑さんの趣味は園芸と農業らしい。

今回は『猫が庭を荒らして困る』八尾畑さんに対して『うちの猫じゃない。知らないわ』という、大谷さんの言い争いにおれが参入を所望されて呼び出されてしまったのだ。

「毒餌を撒いてもいいいな？　おれんちの庭に毒餌撒くんだから誰の許可もいらねーべ。うちの庭を荒らす猫は毒殺しちゃる」

「そ……それはちょっと」

本当に毒の餌を撒きかねない勢いに慌てておれは二人のあいだにはいる。

「なんだ?」

ギロリとおれをギョロ目で睨む八尾畑さんの鬼気せまる形相に息を呑む。

どうしたらいいんだ?

先刻まで平和そうな顔をしてご隠居気分で渋茶をすすっていた町内会長に判断を仰ごうと、テーブルの上座に視線を転じると――。

――居眠りしてるし。

脱力してずっこけかけたおれに、

「いや～。大家さんが来てくれてから私らラクになったなぁ」

「そう、そう。やっぱり若いもんは違うね」

ヒヒヒ……と魔女のような笑いを漏らしてばーさんたちが、

「ま、後のことは大家さんにまかして私らは帰るとするか。さ、起きんさい。会長」

会長の肩を叩いて目覚めさせた。

「ん?　ああ……じゃあ今日は閉会ということで。おしまい」

会長が閉会宣言をして――。

会長がピッチリと整えた白髪に手をやって、結論づける。

「私は町内会長だが猫に言うことを聞かせることは出来ん。なんとしても」

黙っていたらナイスミドルの紳士の会長が深く、重々しくうなずくと、なんだかよくわからない説得力があった。

その昔は大きな銀行の頭取だったとかで、キッと視線を鋭くしたら鷹《たか》に似て、そりゃあ切れ者に見える会長さんがそう言うと一瞬「そうですか」という気にもなるが。

なりますけれども。

……なりませんよ？

それだったらおれだって猫に言うことを聞かせることなんて出来ませんが？

威厳に押されてあやうくだまされるところだったのをどうにか持ち直したが、そのときにはもうみんなして立ち去ってしまった後だった。

右腕に大谷さんを、左腕に八尾畑さんをひっつかみ、引きずってドアを出るが——影も形もなくなっている。

おれの左右にはりついた二人は平然としている。

「会長もああ言ってるしな。じゃ、よろしく頼むわ」

「そうね。大家さんを信じていましてよ」

キラキラと希望に輝く目で二人して勝手なことを言って、大谷さんと八尾畑さんは会館から出て行った。

玄関ホールのところで視線があって、そこでツン、とお互いに顔をそむけあっている。破綻だらけのコメディ映画のお約束シーンみたいだ。

「……いったい」

一人残されたおれは後かたづけを済ませ、使用者名簿に記入し、火の元をチェックしてガスの元栓を閉めて、戸締まりをチェックしてから、鍵を持って会館を出る。

自分がこれほどまでに生真面目かつ事務処理能力にたけているとは思っていなかった。家を出てはじめて知った。

家にいるときは別にそんなことするように強要されなかったし、親にとっては子供はいつまでも子供だし。自分にいったいどんな能力があるのかなんて知るチャンスはなかった。

真面目でつまらない人間だとは思っていたけどさ。

ガキな自分に対するコンプレックスも、ふと気づくとうすれかけている。

格好のよさっていうのは、おれが想像していたように一気に高い山みたいなものを駆けのぼって手に入れるようなものではなく——本人の持って生まれた資質によるというだけでもなく——ささやかな積み重ねから生じるものなのかもしれないと漠然と思う。

というか——そういうふうにして生まれ変わることしか、きっとおれには出来ないなぁって諦めがついたのかもしれない。

おれにはおれの格好よさってものがあるんだってことだ。

そして、人それぞれに、なりたいように、なれるんだっていうことなんだろう。

一銭の足しにもならん気苦労を背負って地道に歩むこの頃のおれを自画自賛して——誰も誉《ほ》めてくれないし、認めてもくれないのでせめて自分でだけは、ね——おれは重いため息をついた。

ジャラジャラついた鍵のなかから表玄関の鍵を探し出して施錠する。

この会館内のあらゆる場所の鍵のついたキーホルダーの保管場所は誰あろう新藤さんの家で、そんなわけでおれは暗い気持ちのまま新藤さんの家へと鍵を返却しに行くのだった。


新藤さんの家は会館から徒歩十分程度の場所にある。

新藤さんは町の有名人だというのに、町内会会議にはほとんど顔を出さない。

どうしてみんなに恐れられているのか、有力者として君臨しているのかの理由は実はおれは知らないでいる。

学校の七不思議みたいなもので、どんな町内にも七つぐらいは理由のない不可思議が存在しているのかもしれない。

鍵を持って玄関先で呼び鈴を押す。

「大家さん。なに？　鍵かい？」

「はい。それと……」

新藤さんはいつ見てもキリッと着物を着こなしている。

年を取ると汚れていくものだからこそ身綺麗にしたい、というどこぞの雑誌のトークに出てくる粋な老人のナリである。

「それと？　ああ、猫と花」

「なんで知ってるんですか？」

「会館には盗聴器が仕掛けられててね。全部筒抜けなんだよ」

「……」

呆《あき》れて黙るおれに、

「嘘《うそ》だよ」

新藤さんはフンッと鼻をふくらませた。

「大家さん、今、本気にしたね？」

「しました」

正直で素直なおれである。

でも気をとりなおして、

「とにかく八尾畑さんが庭を荒らす猫は毒殺しちゃるって毒餌を撒く計画を立てていて、それを愛猫家の大谷さんが冗談じゃないって阻止すべきだと言っているんですけど。どうすりゃいいんでしょうね？」

　一気にまくしたてた。

「大家さんは素直だねぇ」

　新藤さんは嫌みっぽい言い方をして顔をしかめた。

　おれは少なからずムッとする。

「怒りなさんなって。真島の大家さんは目に見えないものばかり大切にしてる。若いからか、そういう性格だからか知らないけどね。心とか、言葉とか、そういうものをさ」

　いきなりの人生論というか、語りというかに、おれは目を白黒させる。

「それとこれと……なんの関係が？」

「身体とか金とか、はっきりとわかる、すぐに役立つものでしか通じあえない相手もいるってことを忘れてるね。それだけが全部じゃないが、それもまた一部なんだ。わかるかい？」

「いや、だから」

　言っていることと、庭と猫の件とがつながらない。

　おれのオツムの回転が遅いだけかな。

「だから、庭を荒らされた、あいつの猫かもしれん、そう思われたときには菓子折でも持って、まず謝罪すんだよ。こんな馬鹿猫ですがそれでもうちにとっては可愛い猫でして、はい、って言ってさ。そして相手の庭や花を誉める。その程度のことでね、うまくまとまることもあるんだよ。わかるかい？」

「な〜るほどっ」

今度は、わかった。

「そうかっ。買収か」

「え？　売春？」

「違います。新藤さん」

「ああ、よかったよ。八尾畑さんと一晩の契りをかわす大家さんを想像してしまったよ。あたしゃ、今」

「想像しないでください」

おれは、げっそりとして言い返した。

新藤さんはそんなおれに、

「大家さんがこのあたりの人間に信頼されてるのはね、あんたの綺麗なところをみんなが認めたからだからね。綺麗ったって顔や身体じゃあなくてさ、それこそ心がね。あんたはよく動くだろ？　だからこそ、あんたは昔気質《かたぎ》のじーさんやばーさんに好かれるのさ。見えるからね。あんたの素直さが。まず動いて——心を見せて——それからやっと言葉が通じるような相手に、あんたは好かれる」

作戦会議で策を練る参謀のように声をひそめて告げる。

「あんたはそのまんま、素直なまんまで、綺麗なまんまで、どんどん身体使って汚れてけばいいんだよ。だからね」

妖怪のように不気味に笑う新藤さんのひそひそ声につられて背中を丸めて身を低くしていたおれは、

「とにかく働くことだね」

と、結論づけられてずっこけた。

結局、それかい？

「とにかく働くことにします」

おれは苦笑を浮かべつつ、新藤さんにそう告げて、玄関から出て行った。

8

帰宅してみると――といっても自分のアパートではなく匡の家に帰るので厳密には「帰宅」じゃないんですが――。

相変わらずのものすごい様相の居間で匡がくつろいでいた。

「あのさ……この部屋、掃除していい？」

「なんで？」

ソファに寝転がっている匡の返事に、

「なんでってねぇ――汚いからだっつーの」

怒鳴りつけると首をすくめて舌を出している。

「広夢はこうるさい奥さんみたいだよぉ～」

手近な猫に語りかけている。

「悪かったな。うるさくて」

通りすがりにコツンと頭にゲンコツをはると、反射神経のいい匡はその手をたやすく払って、つかまえて――スルリと手首まで指を滑らせておれの腕を握りしめる。

「うるさいついでに言うけど。猫のトイレ、洗ってない。ずっとこんな部屋に閉じ込めてるから猫もストレスたまって部屋をコタコタにするんだからさ、外出そうよ？　たまには？」

「え〜？　外なんて出して交通事故にでも遭ったら、おれ、泣いちゃうもん。やだよん」

「やだよん、てなぁ」

とはいえ——だいたいわかってきているんだよね。

匡はおおざっぱでいい加減な性質のくせして、過保護で心配性なんだよ。

自分のいないあいだに猫を外に出して、なにかあったらと思うともうダメらしい。

「おれが責任持つから。今日は外に出してあげよう？」

おれの腕をつかむ匡の手に、おれもう片方の手を重ねて、とんとんとあやすようにして手の甲を叩く。

「んじゃ、交換条件」

しぶしぶの声で匡が言う。

「なに？」

「広夢がもう一生、外に出ないでおれと二人っきりで過ごしてくれるなら、出してやってもよろしくってよ」

よろしくってよ……じゃないよなぁ。

なんだよ。それは。

「それは無理」

おれは即答する。

「なんでよ？」

「無理なもんは無理」

「なんで？　学校行きたいわけっすか？　な〜んでぇ？　野宮がいるからか？」

ひねたガキの目つきで、ぶーぶーと文句をたれる。

おれは吐息をひとつこぼし、

「もうちょっとゆとり持って、信じてよ？　別に学校で野宮がいつもおれにくっついてるわけじゃないよ」

痴話喧嘩《げんか》の一種ですかね。

匡は野宮に激しく嫉妬というか、おれをどうこうされそうな強迫観念にとらわれているらしい。そういう類のことをときたま言う。

言われるのもそんなにイヤじゃないけどさ。

「信じたいけどよ」

ぐいっと手首をひねられて、乱暴に引きずり込まれた。

ソファへと引っ張られ、そのまま匡の上に倒れて、抱きしめられる。

「ごめん。信じ方がわかんねー」

噛みつくようなキスをされた。

「バカだね。アンタは」

仕方なく、おれは匡の鼻をつまむ。

キスしてはじまって——学校のトイレでセックスして——手順をふまないで突っ走ってしまった恋愛の、とっかかりの責任はおれの性質かも、だけど。

匡のどこかがぶち壊れたこんな性格のせいでもあるみたいだった。

「もう本気で、手錠つけて、どこでも連れて歩くか。じゃなきゃどっかに閉じ込めてーっ」

困らせることを言うなあと思いつつ。

視線をずらしたおれは匡の首を凝視してしまう。

痣《あざ》がついていた。

このあいだまでなかったようなピンクのうすい痣が。

おれがつけたキスマークじゃないのですが？

「連れて歩いたら困らない？」

「なんで？」

きょとんとしている匡の鎖骨の際、うっすらと色づいて見える痣に指を置く。

「おれこんなとこにキスマークつけた覚えないけど？」

「ほんと？　悪《わり》ぃ。んじゃこの上から吸って、広夢の唇でもっと強烈なもんつけて、消して、忘れてください」

しれっと言う。

はじめておれ以外の人物がつけたらしきキスマークその他の兆候を発見したときは悲しんだり、激怒したりもしたけれど。

おれたちの「はじまり方」が「はじまり方」だったのであまり強いことを言えないような気もしている。

下半身からスタートしたこの恋——そしてこの短いあいだで何個も見せつけられてしまった他人のつけた跡——。

そんな壊れた男がときおり見せる純情にふらふらと血迷う。

自分でもよくわからない。

「信じらんねーっ。出てけっ。ばかっ」

おれは起き上がって、匡をソファから蹴り落とした。

匡はゲラゲラ笑っている。

あ〜。もう〜。本当に信じ方のわからない男だよ〜。

「んじゃ。出てきま〜す。行ってくるから。帰ってきたら強烈なキスマークつけてくれよん」

「なに考えてんだ。このっ」

これで何度目になるのか。こういうやりとりも。

いつもうやむやで誤魔化されてしまうのだ。おれも情けない。

匡ってよくわかんないんだよ。

『広夢の浮気は本気みたいだからヤダ』で、『おれの浮気は愛の心が少し基準値より多めなだけで、広くおれの愛を普及しているだけだから、いいの』と言う。

おれの見てないところでなにしてんだろう。愛の放浪者は。


その夜——。

ムカムカした心のままで匡の帰宅を待ちながら、せっせと居間の清掃なんぞをしている最中のことである。

時刻は八時をまわったところだった。

ジャマものの猫たちはみんな外に放り出す。

「散歩してこい。夜の散歩をっ」

八つ当たりならぬ、猫当たり。

帰ってきたらとことんキスマークの由縁について追及してやろーじゃないかとギラギラと怒りに燃えたおれである。

うら〜っというかけ声とともにベランダの窓を開けると、基本的に家猫の猫たちはクンクンとあたりの匂いを嗅ぎながら、おっかなびっくり庭から外へと出て行った。

ピンッとそれぞれに長かったり、短かったりするシッポを立てて、お尻の穴を見せつけるようにして、歩いて行く。

街灯に照らされて総勢十四匹の猫が立ち去る後ろ姿は奇妙な光景だった。

モノクロの絵はがきみたい。

ほのぼのとおかしな絵本の世界の挿し絵のように見える。

ンニャン。

チャランが非難するように上目でおれを睨んで、一声、鳴いた。

「いいから。散歩してこい。新聞紙の敷き換えして、おまえたちの猫トイレを洗って、台所も磨くんだよ。ジャマなの、きみたちは」

ピシッと指さしてきつく言う。

猫に向かって言い訳まじりの説教して、なにやってんだか。おれ。

理解してくれているのか、いないのか、チャランはプンッとそっぽを向いて芝生を越えて道路へ歩いて行った。

猫に語りかけるなんて、おれは匡にすっかり洗脳されている。

腰に手を当てて偉そうな態度で猫を見送り、それからおもむろに居間の新聞紙を引き剝がしはじめる。

まとめて山にした汚れた新聞紙を片隅に置き、

「さて……」

パンパンッと両手をはたいて、

「やるかぁ〜」

と自分自身を鼓舞するために声を出す。

と——。

「大家さんっ」

パタパタパタ……と道路を駆けてきて、開けたままにしていたベランダの窓から声をかけてきたのは猫ばーさんの大谷さんだった。

「なんですか?」

大谷さんは庭から室内をながめてぎょっとしたように目を丸くして、立ち止まる。

外側からは想像出来ないような部屋の汚さに驚いているらしい。

「……掃除するんです。これから」

それ以外のなんのコメントの言葉も思いつかず、とりあえずそう言う。

「あ……そう。そうね」

「で?」

呆然として匡の家の居間を凝視している大谷さんに声をかけて、うながした。

「あ……そう。そうなのよっ。大家さん」

大谷さんは電池の交換をすませたばかりのオモチャのように再び始動する。

そしておれはその夜、

「撒いちゃってるのよ〜。八尾畑さん。毒餌を」

という大谷さんの台詞にゼンマイを巻かれて右往左往することになったのだった。


どうにか捜しだしてマタタビその他で連れもどした我が家の猫が十三匹。

なのにいつまでたってもチャランだけが行方不明だった。

「大家さん、大家さんの捜してるらしい猫が小平《こだいら》さんちの裏の木に登ってるって」

懐中電灯とマタタビと煮干しとスルメを持って、茂みや庭に声をかける怪しい男となったおれのもとに、続々と新情報が寄せられる。

おれが知らないうちに事態はものすごいことになっていた。

これ幸いと猫の立場をプッシュする動乱計画なのか、大谷さんが持てるネットワークのすべてを駆使したのだ。

調査隊みたいなものが編成されて、伝令がとんでいる。

大事《おおごと》になってしまったすべてに蒼白《そうはく》になりつつ、与えられた情報に従って木を見に行った。

時刻は——気づくと十二時近くになっていた。

あちこちに顔を突っ込んで這《は》いつくばって猫を捜したせいで身体にはたくさんの葉っぱと土がつき、炊き出し部隊まで出動してオニギリを作られて食わせられて、そんな状態に飲み込まれてオロオロしていた。

でも毒餌にやられて病気になっては……と思うと心配でいてもたってもいられないし。

「あ……本当だ。チャランだ」

小平さんの家の裏には大きな公園がある。

もともと木々があったものを工夫して公園にしたらしく、植林された細い樹木ではなく幹の太い大きな木が何本か生えていた。

その太くて大きな木の上に猫が一匹、いる。

茶色のトラ猫。チャランだった。

「チャラン〜。マタタビ〜」

傍らでトランシーバーを持つ大谷さんが『猫、発見。場所は……』と叫んでいるのが聞こえる。

チャランはツンッとそっぽを向いた。

チャランはいつもおれに冷たい。オス猫なんだけどね。チャラン。

匡とくっついたおれに嫉妬しているのかなって思うほど、おれの言うことを聞かない。

案の定、チャランはおれから遠ざかるようにしてさらに木を登ってゆく。

「お～い。チャラン～」

おれはマタタビその他をポケットに突っ込んで、懐中電灯を木の根本に置いてチャランを追って木を登りだす。

「待てっつーのっ」

大谷さんだけじゃなくてさ。

なんでおれもまたこんなにムキになってるのかなぁ。

頭の片隅では冷静にそう思っているのに、それでもおれは木登りをはじめてしまう。

幹に足をかけて、しなる枝を腕で引き寄せて、順番に登ってゆく。

ニャン、と小さな声で鳴く茶色のトラ猫は――最初からおれには匡に似た生き物に見えていた。そのせいかもしれない。

匡は『広夢に似てる』って言っていたけど、それよりも絶対に匡本人に似ている。

プライド高くて、綺麗な顔して、寂しがり屋で、甘えっ子で、冷たくて、なに考えてんだかさっぱりわからなくて。おれを追いかけさせる。おれを困らせる。

今だって――追いかけておいで、って言うように後ろを振り向きながら枝を登ってゆく。

「チャラン」

どんどん登っていく。おれも追いかける。

チャランがなにを求めて木に登ったのかおれにはわからない。猫の気持ちなんてわかるもんか。だけどイタズラをするからって毒餌撒かれて、排除されちゃたまらないんだ。気まぐれで、趣味じゃない人間にとっては大嫌いな存在であるらしい猫。別に今までは興味のなかった猫。そして今やおれが愛する猫。

猫の見る景色を、おれは見ていた。

木に登って、その葉陰から月夜をながめる。茶色いそそけだった幹の匂い。葉ずれの音が耳をくすぐる。

黒々と影を落とす木々。風に乗って聞こえる葉っぱのメロディ。

紫紺の空に白い月。ウィンクしているように瞬く星々。蒼い小さな宇宙船のような水銀灯の光に照らされた夜の公園の景色に目を奪われる。

「………綺麗」

どうしてか蘇《よみがえ》ったのは『天使のダミ声』のハミングだった。匡とはじめて会ったときに車で聞いたメロディ。その音。ぬくもりが心地よかった一緒に毛布にくるまった夜と、朝の記憶が忽然《こつぜん》と蘇る。

猫を追いながら、おれは誰を追っている気持ちになっていたのか。

馬鹿みたいに必死になってしまった。

「チャラン。この景色を見たかったのかよ?」

前を登る猫に小声で話しかける。

おれの知っている町の——おれの見たことのない景色を見下ろしながら。

視点が、視線が、時間がほんの少し変化するだけで、目にはいってくる情景が違う。おれの見ていた世界と、チャランの見ていた世界はきっと少しだけ違う。

それが、せつないのは、どうしてだろう。

チャランを追いながら胸の奥がシクシクと痛むのはなぜなんだろう。

いい加減登りきった、あと少しでてっぺんという部分の横枝で、とうとうチャランは観念したらしく止まった。

「チャラン、おいで」

手を差しのべると、神妙な顔をして、チャランはゆっくりとおれの方へ近づいてきた。そして濡れた鼻先をおれの指に押しつけた。

チャランをやっと手に入れて、つまらなそうな顔をした美猫をおれは抱きしめる。

そして降りようとしたら——。

ボキッ……。

「……って、おい。やめてくれよ~?」

おれたちが乗っている横に張り出してのびた枝にピシッと亀裂がはいる。

「お～い？　だいじょうぶ～？」

「危ないわよ～。下から見たら折れそうよ～」

叫ばれてうつむくと、思っていたよりも地上が遠い。

このまま落ちたら怪我《けが》するんだろうな。骨折ぐらいはするかな。

チャランを抱いたまま思案に暮れる。

「だいじょうぶよ～。今、はしご車、呼んだから～。そのまま待っててね～。がんばるのよ～」

大谷さんの黄色い声援が飛んできた。

「はしご車？」

気のせいでなければ、今、はしご車と？

「呼ばなくていいですよ～っ。そんなものっ」

慌てて怒鳴り返すが――おいっ。いったいいつ呼んだんだよ？　おれが登りだしてすぐじゃないのか？　誰だよ～？

赤いライトをぐるぐるまわしながら真っ赤なはしご車がやって来てしまった。

小学生以下の男の子なら大喜びだろう。しかし、おれはもう十八歳の男だ。ましてや猫と一緒に救助されるなんてマヌケな真似《まね》は避けたい。

飛び降りよう、と思ったときに。

おれの腕のなかでチャランが跳ねた。

「え？　おい？」

おれは怪我してもいいけどチャランはいけないと——モタモタとしているうちに、

「お〜い。だいじょうぶか〜い？」

のびてきてしまった。はしご車の、はしごが。

リアルはしご車は子供の頃に遊んだミニカーにそっくりで——って、ミニカーの方が真似てるんですが——うにゅう〜っとのびるはしごがおれが登った木の脇に斜めに立った。

「なんか見覚えあるなぁ。あんた……あのお兄ちゃんだっ。救急養護団体の講習で具合悪くなった」

言われた台詞に耳を疑う。

助けに来てくれた救急隊員だか消防隊員だかの人は——ニュース番組で天気の解説をしていそうな善良そうな顔のおじさんで——。

ぼおっと見つめているうちに印象のピントがあう。

救急養護団体の講習を小学校でやってくださった方だった。

「あのときは大変お世話になりまして」

なんてこんな状況でなにをペコリと挨拶しているんだ。おれ。

「いやいや。どうだい？　あの後だいじょうぶだったかい？　私はね、消防の仕事の一環で、救急養護団体の人の手が足りないときでこっちがヒマなときは救急講習をやったりしているんだよ」

そしてこんな状況でどうしてニコニコと笑って挨拶し返してくれるのか、おじさん。

「ま、乗りなさい」

おじさんはまるでマイカーに同乗を勧める紳士のように、そんな台詞を言っておれの手を取って、はしご車へとエスコートしてくれたのだった。

黙々とはしごを降りて地面にたどり着く。

それは永遠につづくかと思われるほどに長い時間だった。おれにとっては、ね。

「お帰り」

ふぅ～っとため息をついて、ここで近所の人に顔をあわせるのが恥ずかしくて顔を上げるのをためらっていると、聞き慣れた声がする。

おれは目を閉じた。

「いや～。店に電話はいってさ。広夢が大変だって。ここの公園を指定されて慌てて帰ってきたんだけど。そしたら消防車いるじゃんか」

間違えようのない、匡の声である。

うつむいたおれの視線の範囲内に、長い足。

「違いますよ。はしご車ですよ」

横から消防かつ救急養護団体もやっていらっしゃるというおじさんが訂正している。

「はしご車ね。何事かと思って走って来ちゃったよ」

クックッという笑い声まじりでそう言われる。

「よかったぁ～。なんでもなくって。だけど降りてこられなくて消防に助けてもらうなんて、たまに地方版の新聞記事でそういう猫が載ってるけどさぁ。人間の広夢がやるとはなぁ」

笑い声が大きくなる。

おれは顔を上げて匡に向かってチャランを突き出した。

「猫もちゃんといる」

きっぱり。

この場合、言い訳にもなりませんが。

匡は「うっ」と息を呑んでから、弾けるように笑い出した。

腹を抱えて、涙を流して、笑っている。

おれはそんな匡の胸に強引にこの騒動の元となったチャランを押しつけてから、むっとした顔のままで慇懃《いんぎん》に消防のおじさんに礼をした。

「お世話になりましたっ」

「あ……いえ」

その場にいるみんなが笑っている。

「それでは。後のことはよろしくね。依斐さん」

「は？」

チャランを抱き、目をパチクリさせている匡に言い捨てて、おれはその場を足早に立ち去った。

もう知るもんか。馬鹿野郎〜っ。


だからおれはその後のことは知らない。

知らないったら、知らないのである。

それでも自分の引き起こしたことの後始末を匡に押しつけた後ろめたさで、アパートではなく匡の家に帰って待つこと一時間——一時間もなにが行われていたのかはたぶん永遠の謎だろう。

言いたがっても、聞いてやりたくないから。

「広夢、なんで怒ってんの？」

チャランと一緒のご帰宅、匡の第一声である。

「おれがキスマークつけてたから？　さっきおれが笑ったから？　チャランが逃げたから？

救急養護団体の講習のおじさんが消防隊員でやって来たから？」

全部、当たってる。

そして全部がハズレだ。だけどそう言えない。

「広夢くん？」

ソファに座っていたおれの横に匡も座り、おれの顔をのぞき込んだ。

「やさしいお兄さんに相談してみなさい？　ん？」

耳もとでそう言われて、いつもならたやすく甘い気持ちになるのに、今日はならない。ストッパーがかかっている。

「広夢〜？」

耳のすぐ下にキスを受ける。

唇が触れるか触れないかの、一瞬の接触に皮膚が粟立《あわだ》つ。

感情が波打つ。

「人生ってやっぱ不公平だっ」

「はい？　なに？　広夢？」

「だっておればっかりやっぱり格好悪くってさ。そんなんでもいいやって思って、ちょっとはいい気になったら、とたんにコレだもん。匡なんていっつも、なにやっても格好いいじゃんか〜。ひょろひょろと全部が終わってから来て、それで笑ってて っ」

「笑ったこと怒ってんの？　だってさ、何事かとマジで心配したんだよ。それでなんともなかったってわかったからタガはずれちゃって、ほっとして馬鹿笑いしちゃったってだけで……」

「笑ったことなんて怒ってないよっ。自分のみっともなさに腹立ってるだけでっ」

八つ当たりだってわかってるけれど、止まらない。

「格好いいと思うけどね。広夢は。そのマヌケにも一生懸命なとこが」

おれはちょうど手近にあったボロボロのクッションを鷲掴《わしづか》みにして匡の顔にぶちかました。

「う……っぷ」

クッションを顔面で受けて匡が慌てている。

「マヌケがついたら一生懸命だって格好悪いに決まってんじゃんかっ。馬鹿っ」

おれは怒鳴りながらクッションを振りまわした。

もともとボロかったクッションに穴が空いたらしく、なかにつめられていた羽毛がふわっと舞いはじめる。

「古い車になんて乗りやがって。それが悪趣味じゃなくて、渋い趣味に見えるなんて匡、ズルイよ。おれなんて使いでのある大家さんで、さんざんにこき使われて、素直だとか可愛いとかそんなことばっかり言われて」

「誉められてんじゃんか〜。それ」

頭をかばいながら匡が言い返してくる。

「どーせおれは学級委員とか図書委員とかになるような奴だよ〜。いっぱいやったよ〜。匡なんてしたことないんだろう？　おれなんて実は根暗で～。きっと将来は教師とか公務員とかで～」

「安定した職業でいいじゃんか～」

匡の返事に笑いがまじっている。それが気にくわない。

猫たちがおれと匡の言い争いに興味を持ったらしく起きてきて周囲を跳びはねている。

猫の首領の匡のピンチに応援に駆けつけ――たりはしないよ。猫は、猫だから。勝手気ままに好きなことだけしかしない。

木登りをしながらチャランはなにを思っていたのだろう。

登り切った最後には猫はなにを思うんだろう。ただ登っただけ？　おれを追いかけさせただけ？　それともおれから逃げただけ？

おれは一生、猫の気持ちがわからないままで？

木を登っていたあいだずっと感じていた胸の鈍痛はコンプレックスかもしれない。おれの知らない世界を知っている相手への不可解な劣等感に似たもの。

いつまでたってもすべてをさらしてくれない、猫の視点を持つ男にイカレまくって――傷ついている。

「おれは……おれは……きっと一生、こんなまんまで……。匡のことなんて、わかんないまんまで……」

おれが力一杯振り上げるとバサッと音をたててクッションが破けた。

白い羽根が舞い上がり、舞い散る。

ゆっくりと旋回する羽毛は、風の妖精のようだ。それとも雪、かな。

おれの怒鳴り声に興奮したらしい猫が、羽根に向かってジャンプする。

目を爛々《らんらん》と輝かせて、前足で羽根をはさんでジャレる。

どれほど中身がつめられていたのか。そんなに大きくもないクッションだったのに信じられない量の羽毛が降ってくる。

雪景色みたいだ。

十四匹の猫が踊り狂う室内は「パニックっていうのはこういうものか」と一目で納得出来るような狂乱の図絵だ。

舞い散る羽根、走る猫、かたまって飛ぶ汚れた新聞紙、叫ぶおれ。

「出てくっ。もう知んないっ。知らないっ。匡なんて嫌いだ〜っ」

そう言ったのはみっともなくて格好悪くて自意識過剰の自分に嫌気がさしたからだ。

臆病でシャイで生真面目でつまんない自分。

唐突に発作みたいにしてする馬鹿は、そんな自分が嫌いで、変えたくて、そうして無茶をするのになにも変わらない。空振りして、ただむなしくなるだけ。

叫んだ後で——つかのまシンとした。

で――おれは――。

「……匡？」

知らない。嫌い。そう言ったことを後悔する。

「なんで……泣いてんの？」

だって匡が泣いているのだ。おれの目の前で。クッションを降ろしたおれの腕をつかんで。

ホロホロと声を出すことなく、泣いているのだ。

「おまえが出てくとか言うから。なんか突然泣けた」

泣くかな？　普通、男は？　こういった場合。

男というか、人は。

呆気《あっけ》に取られたおれの腕をつかんで匡が言う。

そう言われてみれば――自分の家でもないのに「出てけ」って匡に言うことはあっても、「出てく」って言ったことってなかったなと思いつく。

「なにが格好いいか、格好悪いかなんておれはわかんないけど。おれ――酔っぱらって馬鹿やってたことたくさんあったけど、倒れてるおれに声かけてくれて、一緒につきあって車で朝まで寝てくれた奴なんてはじめてでさぁ。それで充分、広夢ってすごいなって思ったけどな」

匡は鼻をすすって、目を赤くして、おれのことを見つめている。

涙に濡れた頬に白い羽根が貼りついている。何枚も。

白くマダラになった匡の顔は、コメディ映画みたいだ。

「学級委員、結構じゃんか。おれは学校もろくに行ってねーけどな。だけど今、しあわせなもん勝ちだって言ってくれたの広夢だろうが？　おれはそういう広夢が格好いいって思った。おまえ今、おれといて、しあわせじゃないわけ？」

ソファに押し倒され、膝を足のあいだに割り入れられる。

抵抗する気にはなれない。

だって——匡は本気で泣いているんだもの。

「格好悪いっつーったらおれなんてすっげー格好悪いんだぜ？　笑わないで聞けよ。なんせ初体験がな、実の母親だ」

二人のあいだにある、もう中身のなくなって皮だけになったクッションをつかんで引っ張り出される。匡はソファから床へとそれを放り投げて言った。

「それ……」

笑う話と違うだろーがっ。

いきなりの告白にとまどって、おれは匡のなすがままだ。

「ほとんど家にいねーしょーもない放蕩《ほうとう》親父にそっくりの顔の息子のおれにノイローゼになった母親が襲いかかってきたんだぜ？」

格好悪いとかそういう次元の問題とは違うのでは……と思いつつも言えない。

ずっと溜《た》めていたものをやっと吐き出そうとしているような匡の様子に、おれはなにも言い返せないでいる。

匡は淡々と、話しつづける。

おれはそれを聞いているだけだ。言い返せない。

「十三んときだよ。みっともねーよな。親が相手でもしゃぶられたら勃ちやがんの。おれ。おふくろ、好きだったしさ。おれ。しあわせになって欲しいってはじめて思った相手でさ。自分の親の幸福をね、ガキが願ってやんの。だらしねー話」

匡の指がおれの衣服を剝《む》いてゆく。

静かに降る、雪に似た白い羽根がおれの身体にも貼りつきはじめる。

濡れて——るんだ。おれの胸。

匡の涙で?

「いや〜。みっともないっすねぇ。こんな話をして泣いてるなんて」

ぐしゃぐしゃの顔をおれの胸にこすりつけながら匡が言う。

「おふくろとやってるときに親父帰ってきてさ。見られちまいやがんの。頭真っ白だよ。あげくに親父がおれのこと犯しやがんの。普通しねーよなぁ?　おかしな家だったよ」

ちゅっと音をたてておれの胸にキスをして、そんな辛い話をあっけらかんと話す。

「出てけって言われた。この家から出てけって。ケツに突っ込まれて、めちゃくちゃ痛くてさぁ。やられながら……おれ……ああよかった、ありがたいって思ったよ」

胸にくちづけて、そこからゆっくりと匡の唇が下がってゆく。

いつか見た映画みたいに、白い羽根が降っている。

真冬の雪が音をすべて吸い取って消してしまうようにして、降り積もる羽根が部屋に静けさを運ぶ。

雪の日の夜は――雪の積もる音だけしか聞こえなくなるんだ。

積もった雪が喧噪《けんそう》を受け止めて、抱きしめるから。

そんなふうに静かだった。

だけどひどく道化じみた二人。

白い羽根をばら撒きながら抱きあうおれたちってコントみたいだ。

足をからめあってさ。

ちっとも綺麗じゃあない。格好いいものじゃあない。なのに不思議。おれはそれが嫌じゃあない。

涙の跡がまだうすくついているそんな汚れた顔でおれを見つめる相手の、その声に酔っている。そして愛しくて、せつなくて、おれも泣きたくなっている。

匡の声だけが――おれの肌の上で触れるか触れないかの位置で唇を動かして、くすぐったい思いをさせるじれったい唇だけが――。

「出てっていいのかって。憎んでいい口実出来たって思って。しあわせだったな。そんとき。そういうふうに思えないでズルズル家にいてドツボにはまって腐ってく友だちなんていっぱいいたしさ。誰のことも好きになれなくても、誰かを憎むことでも、ガキはどうにか生きていけるってこともある」

おれを脱がせながら、匡は自分も静かに服を脱いでいる。

汗と涙と唾液で濡れた肌に白い羽根がまとわりついて、おれたちは滑稽な生き物みたいな見てくれになっている。

匡はおれの股間に顔を埋《うず》めそこを舌で濡らした。

おれの肌についた羽根を唇と舌でついばんで取る。股間についたそれを。膝の裏を。やさしく触れて、綺麗に嘗め取る。熱心に毛づくろいをする猫のようにして。

くちゅくちゅと音をさせておれのペニスを嘗める。

血液が淡雪になって溶けかかっているみたいに、下腹がうずいて——。

「あ……」

いつもよりずっと乱暴に指を入れられて、かきまわされて声が出た。

「だから親のこと今はそんなに嫌いじゃない。感謝してる。とりあえず憎ませてくれて、そして家を出て行けって言ってくれた。トラウマなんてもんは大切に持ってるもんじゃなくて、ぶち壊して、乗り越えるためのもんだって知ってる。わかってんだよ。……いつかおれは好きな奴が出来たら、ちゃんと好きになって、憎しみじゃなく愛情でつながりたいってずっと思ってた」

されるたびに声が漏れてしまうのはどうしてだろう。気持ちがいいから。気持ちがいいっていうことを伝えたいからかな。

「その割にはタイミングがあわなかったり、お互いの気持ちが空振りしたりして、失敗ばっかりでさ。本気の恋ほどつづかねー。あんたの考えてることわかんねーよっていう別れ際の決め台詞の定番なこと言われても、なにがわかんねーのか、おれにはサッパリでさぁ。広夢も、かよ？　そう言うつもりか？　なにが知りたいってよっ？　いったいこんなおれのどこが格好いいってよ？　ただの寂しがり屋のガラの悪いアンチャンじゃねーか」

苛立《いらだ》つように早口で言って、気持ちを表すようにしておれのなかをぐちゃぐちゃに苛《いじ》める。痛めつけられて溶けたおれの下半身は波みたいにのたうっている。自然に。

「出てくなんて言うなよ。あのね――おれは広夢がこういう弱いとこ見せるおれに甘いこと知ってるんだよ。だから言うんだ。こういう打ち明け話。この一回こっきりで二度と言わねー。今までどんな奴にもここまで言わなかった。泣きつかなかったけど」

血液も、皮膚も、汗も、肉も――みんな消えて波になる。

触れられて、かき乱されて、しゃぶられている部分だけがおれのすべてになったみたいに。

猫が餌を食べるときの音。水を飲む音。それに似た音をたてて匡がおれのペニスからおれの感情を吸い上げる。

「すがってんだよ。泣きおとし。トラウマおとし。それでも出てくっつーなら最後に野宮でも呼ぶか？　野宮も入れて３Ｐしてやろうか？　ここぐちゃぐちゃに突っ込まれるの好きだもんなぁ。広夢」

「ふ……」

後ろを指で激しくかき混ぜられた。

そして抱え上げられ、ソファの上で胡座《あぐら》をかいて座る匡の膝にストンと落とされる。

「不幸話って、笑えないか？　こういう話をするのって格好悪いと思う。笑えるもんだと思うんだけどさ。……ほら、自分で入れて、動けよ」

まだ充分に馴らされていない後ろを匡のペニスで擦られて、なのにおれって腰を浮かして、自分でゆすぶって悦《よろこ》んでいる。

乳首を舌で勃起させられて、興奮して先端から滴のこぼれているペニスを上下にしごかれながら、おれは匡を自分の内側へと迎え入れる。

腰を落とすときに、感じる部分に当たるように角度を調節しながら腰をまわして。

むず痒《がゆ》いような痛みが甘い痛みに変わるのは、すぐだった。

「入れられたままで乳首いじると締めてくんだよな。されるの好きでしょ？」

乳首を軽く噛んでから、乳輪を舌で嘗めまわされる。べとべとになるぐらいに激しくそうされて、おれは匡の肩に顔を押しつける。

「やだ……」

悲鳴みたいな声が出た。

「いやじゃないでしょーが？　いいんでしょ？　やってみっか？　３Ｐ」

体重をかけると匡が深くはいってくる。

溶けた感覚を突き刺すようにして鋭くおれを苛《さいな》む。

甘えてんだか。怒ってんだか。泣いてんだか。口説いてんだか。

この男は〜。

「し……ない。そんなの……。よくない」

あえぎながら、イキそうなのを耐えながら、匡の肩を噛んで訴える。

いやだな。馬鹿で、可愛い男でさ。

わかりづらくて、どこか、わかりやすくて。

格好いいだけじゃなくて、みっともないとこもあってさ。嫉妬深くてさ。ヘンなからみ方してきて。

セックスしながら打ち明け話なんて。

まともに話を聞けない状態にしなきゃ、そんな話の出来ない不器用な男で。

好きだ、と思う。愛しくて、身体が、早く、って叫んでいる。

擦りつけるようにして、快感を引き出す。

背中に手をまわして、抱き寄せる。

「だからそういうことしないで？　もしもそれがすごくよかったらなんか泣いちゃうから。おれ。きっと」

匡の耳に唇を寄せて、ささやく。

「よすぎて泣く？」

「違うって……。やなんだ。……もしもそれが気持ちよくても、そういうふうにされたくない。そういうんじゃない」

なんだかヘンなの。

言っているうちに涙が出てきてしまう。

だって二人きりのセックスがいいんだ。おれは。

目の縁まで盛りあがった水滴が、ポロリと転がる。

「やさしく……してよ。やさしくしてあげたい……から」

「なんでここで広夢は泣くかな？」

おれの声の変化で不審に思ったのか、顔をのぞき込んだ匡が呆れたように言った。

「泣けたんだよ。どうしてか。されたくねーんだよ。おれはっ。あんたにだけ触られて、よがって、こうしてたいんだよっ。だから」

匡はおれの頬を両手ではさんで、顔を上げさせた。

じっと見つめる。

「今、おれ、すげー胸んなかジンとしちゃったぁ」

匡が困ったように笑った。

「広夢はときどきおれのこと世界一の馬鹿にしちゃう。人生って不公平かも、だけど。広夢はいつもおれに公平にしてくれるでしょ？　格好悪いおれのことも見捨てないで」

「見捨てないってば」

あれ？　だけどおれってなんで怒ってたんだっけ。

忘れちゃってるよ。単純な男だね。おれ。

「悪い。なんか今日はこのままなにもしないでもイッちゃいそう。そんでもいい？」

「……いいよ」

「温か～い目で見守ってくれる？」

おれは――この男は本当に……と温かい目で匡を見返した。

つもりだったのに――。

「そんな燃えるような熱い目で見んなよ」

「え？　熱い目と温かい目って……」

そんなの、違いなんてわかんないよ？

そしておれはそのまま唇をとらえられた。身も心もジリジリと焦燥させられるような激しいくちづけを何度もされて、下から匡に突き上げられて、ゆさぶられる。

声にならない声だけで応じて、涙が自然にポロポロとこぼれて止まらない。

すがりつきたくなるような崖っぷちの快感に追いたてられて、抱きついて身体をすりつける。

下腹部から這い上がってくる粟立ちに、辛くなって自分で自分の熟れきった熱に触れる。

杭を打たれて、内部をいたぶられて、すすり泣きながら――耐えられなくなって自分で自分の男の印にすがって、擦り上げているなんて。

そう思ったとたんに身体の熱がまたこもる。

「おれが二人いたら、しゃぶってあげられんだけどね～」

ゆすられながら自らしごいて快感を追い上げているおれに、匡がもっと煽《あお》るようなことを言う。

「いい……の……」

朦朧《もうろう》としながら答えて、前へと倒れかかり、匡の乳首を噛んだ。

「あ……」

はじめて聞いたかもしれない。

イク瞬間の匡の声なんて。

ふと顔を上げる。

なにかに耐えているみたいな。殉教者みたいな。無心な子供みたいな。

無防備な表情で目を閉じる匡の顔を見つめる。

鎧《よろ》っていたすべてのものが剝げ落ちた男の顔を見た瞬間に、おれの快感も弾けて飛んだ。

同じ顔をしていたかもしれない。全部をさらけ出して、相手にゆだねる。そのまま殺されても仕方ないぐらいにすべてを投げ出して、快感だけに照準をあわせて。

弾をはじくときには身体が熱くなって、溶ける。

溶けて——おれは自分の手のなかに精液をぶちまけた。


いつ終わったのかもわからないぐらい、ただひたすら貪りあっていた。

射精を急ぐのではなく、長引かせて、我慢しあって、暴発してしまうぐらいに引きのばすような偏執的にねちっこいトロリとしたセックスをずっと、していた。

甘えてくる猫の戯れるのにまかせるようにして、ひとつに重なったままで眠ってしまうぐらいベタベタで朝を迎えてしまった。

起きたら匡がまだなかにはいっていた。

さすがに虚《うつ》ろに笑ってしまった。

汚い居間のソファでおれたちはつながったままで寝ていた。

さんざんやったというのに匡はちゃんと朝は朝で――そういう状態になっていて。

動いたら、それだけで感じてしまう。早朝から。おれは。

深く食い込まれたその部分に血液が集中して、神経が集中して、身動きをするとかえってヤバイことになってしまう。

引き抜こうと思っても、寝ぼけたまんまなのに、匡はおれを力ずくで抱えて放してくれないのだ。

バックからねじ込まれて、深くえぐられたままで、熟睡なんて出来ない。はずだが、それでも眠れるほどに疲れていたのか。

「匡。起きてくれ～」

「うん」

動かれて、擦られて、

「あ……ん」

おれってば甘い声漏らしてるし。

好き者です。すみません。愛あればこそでしょうが。真面目に３Ｐなんてされても流されてよがっちゃいそうな自分が怖い。

そんな状況なのに――。

チャイムが鳴った。鳴ってしまった。

「匡っ。放して。誰か来た～っ」

匡とつながったまま玄関先に出る自分を想像して、貧血になって目眩《めまい》を起こす。

ドンドンドンッ。

チャイムの後は激しいノックの音がする。

力任せに叩いているらしい音がして、次には——。

「いるのは知ってるんだからね～。ここから報告しとくよ～」

郵便受けのフタを開けてそこから叫んでいるようである。

しかも声の主はどうやら新藤さんらしい。

「昨日の猫事件はね～、あれは大谷さんの先制攻撃だったからね～。まだ毒餌は撒いてなかったけど、撒かれる前に騒動を起こしてつぶそうって。大家さんはそれにまき込まれて大恥かかされたんだからね～？　そこんとこ覚えておいて後でうまく使うんだよ～」

おれは目を開けたまま気絶してしまいそうになる。

相手の作戦を事前に封じるための陽動作戦だったのか？

そこまで走るか？　町内会よ。なにも知らないおれをまき込んで、はしご車まで呼んで。

「それとね～。大家さんってあのアパートの大家さんじゃないんだって話だけど、便利だからあんたこのまま一生あそこに住んで大家やっといてもらうことにしたから」

したから……ってのはなんだろう。

決定事項なんだろうか。おれの立場っていったい。

「じゃあね。昨夜は激しかったみたいだねぇ。若いってのはいいねぇ」

ヒヒヒ……という笑い声つきで去っていく新藤さんの気配に、おれはピキーンと硬直する。

盗聴器で聞いているのか。真面目に。もうやだよ。こんな日常。

白日夢の世界へと旅立ちかけたおれは、ククッ……というひそんだ笑い声を背後から浴びて、やっと我に返る。

「一生、大家やるの？　広夢？」

新藤さんの声で起きた匡の台詞に、

「冗談じゃないよっ。おれは」

「おれも協力するから一生ここにいろよ」

匡がおれから離れやっと二人の身体が分かれた。

「あ……」

匡の抜けた部分から残滓が溢れて後ろを濡らす。

「新藤のばーさんのおっしゃるとーりにさ、若いっていいよねぇ。はまりっぱなしで寝ちゃってたんだ。だからおれあんなすごい夢見たんだな」

向きあったとたんに平然とそんなことを言い、あまつさえおれの手を取って匡の股間へと導いた。

「匡、ケダモノだよ。野獣だよ。アニマルだよ。これは」

「あのね……」

匡は目を細めて、目尻を下げて、機嫌よく笑う。

まどろむ猫に似た、うっとりとした笑い方で、

「そのあたりのことはとりあえずキスしてから考えようね」

「ん？」

頬にキス。耳にキス。額にキス。

ついばむような羽毛のキス。

それから舌をからませて——見つめあいながらのモーニングキスをかわす。

で。そして。

「やっぱり……したいんですけど。おれってアニマル？　野獣？」

困ったように苦笑して甘えてくるアニマルくん——匡は動物にたとえるのなら猫、だな。猫。

大型のいつも発情しているオス猫——に同じように照れた笑いを返しつつ——。

「ごめん。おれもケダモノ飼ってます」

小声で申告して、おれは匡の胸に抱きついたのだった。

ハートにキスをよろしく

広夢《ひろむ》が店のドアを開けた音に、カウンターに座っていた客ふたりが首を捻ってこちらを見た。見覚えのない、それぞれに整った容貌の男性客ふたりだった。

「いらっしゃいませ」

広夢はそう告げて、ぺこりと頭を下げる。

雑居ビルの奥にあるこの店は、従業員専用の出入り口がない。そのため開店時間から遅れてバイトに入るときは、こんなふうに客に迎えられてしまうことがあるのだった。広夢が客か従業員かが、初見の客にはわからない。だからこその「いらっしゃいませ」のひと声だ。

客たちは「え？」と顔を見合わせてから、

「あ！　写真の人だ」

と小声で言った。

「そう。宣伝に載ってた写真の子。実物は写真よりさらにかわいいでしょ？」

カウンターのなかで得意げに匡《まさし》が言う。

この話題は、匡に頼まれて、いやいや撮った広告写真のことだろうか。店の宣伝に見映えのいい店員を載せたいと言われたときは「だったら匡が撮られればいい」と素で返したものだった。しかし少し考えて、匡の顔目当てで客がやって来たらいわゆる「入れ食い」になってしまい、遊び癖に拍車がかかるのではと思い至り、結局、広夢が写真を撮られることになったのだ。

そんな広夢の嫉妬や危惧を知らず、匡はあの広告を見てやって来た客たちには「かわいいでしょう」と広夢の自慢をする。なんだかなあ、と思う。

「本当。実物の方がかわいいですね」

少し下がり気味の口角が、不機嫌そうに見える青年が、匡の言葉に同意した。隣に座る上背のある凜々しい男前がすかさず、

「ジュンキのかわいさには負けてる」

と言う。

カウンターの下で不機嫌顔の男の蹴りが、隣の男の足に炸裂する。

がしっ。

わりとすごい音がした。

「……いっ……。本気で蹴ることないでしょう」

「うっさい」

横を通り過ぎると、蹴り飛ばした側の男の首筋や耳がほんのりと赤い。うつむいて、空になったグラスを手に持ち口をつける。中身はなく、氷だけがカラカラと音をさせている。

広夢はそのままカウンターの内側に入り、裏側のキッチンで身支度を整える前に、

「お飲み物のおかわりはいかがですか？」

と声をかけた。

「え……あ、うん。じゃあもう一杯。同じものを」

「えー？　明日早いしもう帰ろうって言ってたのに」

隣の青年が不服そうにし、さっきと同じようにがしっと蹴りつける音がした。

※

『gate』という名を持つそのバーは、中島公園《なかじまこうえん》と薄野《すすきの》の境目にある。つきあいはじめのときに匡が働いていた店とは別の店だ。

二年前までは雇われ店長だった依斐《いび》匡は、その後、一念発起して、自分の店を構えるに至ったのだ。

自由で気ままでいい加減な男が、唐突に発奮したのは広夢との恋がきっかけなのだ——という匡の話のすべてを信じているわけではない。

それでも、ちょっとだけ図に乗った。

有り体に言えば惚れ直した。

だから広夢は、匡の店の人手が足りないと聞き「夏休みとか冬休みの長期休暇のときや、学業に支障のない時期の夜だったら手伝いにいってもいいよ」と、店に足を運んでいる。

夏の夜である。

カウンターのなかにはいって匡の横に並ぶ。匡は、だいたいいつでも見た目だけはいいのだが、バーテンダーとして店でシェイカーを振る姿はさらに特別格好いい。常時、無防備で隙だらけの男なのに、カクテルの分量を量るときは真顔になるせいかもしれない。人は、ギャップがあるほど、くらっとくる。

「マスター、この店、自分の店なんですか？　へえ〜。その若さで？　すごいな」

「借金背負ってもいいかなと思えるくらいせっぱつまってたっていうだけですよ。すごくはない。店を開くのは案外どうとでもなるんです。問題はその店を続けられるかっていう方で」

「ふうん。せっぱつまるって、どうして？」

カウンターに戻ると、どういう話題の転換なのかそんな話になっている。

「この人に捨てられたら悔やむなっていう相手が出来て、見捨てられないようにがんばろうと思ったんです。それだけです」

「捨てられたりしなさそうだけど。マスター格好いいし」

新しいハイボールに口をつけ、男が言う。丁寧に削った丸い氷がグラスのなかで浮き沈みしている。

「どうでしょうね。もうずっと人にも物にも執着しないで生きてて、せいぜい猫と車だけって暮らしだったんで、そういうのもよくわかんなくて。どうしたらその人が側にいてくれるかって真面目に考えたら、自分に出来ることってあまりにも少なかったんですよ。見た目なんて年老いたら普通にじーさんになるだけだし、金も地位も知恵もない。引き留めておけるものを作らないとって、はじめてまともに思ったもので」

「よっぽどの美人なんだ。相手」

「かわいい人です」

匡はちらっと広夢を見て片頬で笑う。目の前でそんなことを言われて、動揺する。その「かわいい人」が隣に立っている男だなんて、目の前の客たちは考えもしないだろう。

赤面ものだ。地団駄を踏んで叫んでしまいたい。

「……そんなに好きだって思った決め手ってなんなんですか？」

「痛いの、痛いの、飛んでいけってのをね……されたんですよ。それが胸に来てね」

座っていたふたりが同時にはっと息を呑んだ。

「気持ちっていうか、心が餌付けされたんです。衣食住満ち足りてたわりに心だけが足りてなかったから、足りない心の部分で餌付けされたら、他の人じゃ嫌になった」

匡は人に説明するときに「心の餌付けをされた」と言う。恋愛とはちょっと違うのではと疑問に思いながら、それでも匡がいつもとても優しい顔になるので、まあいいかと思う広夢である。

そして、ちょっとだけくすぐったくて、愛おしいような、悲しいようなヘンな気持ちになるのだ。実際に自分たちのあいだに起きた出来事なのに、時間を経て聞くと、全部が甘くてふわふわとして嘘臭くておとぎ話みたいで——。

「心の餌付けか〜」

ハイボールのグラスを揺らして男が言った。

心は餌を食べないはずだ。満たされていないとか、足りないとかいっても、具体的になにかを食べて満腹になったり、栄養を得たりするものじゃない。とても曖昧な、茫漠としたなにかでしかない。

それを餌付けしたのだと、匡は言う。

それを癒やしたのだとも。

「ちょっとわかるな……それ」

そう言って男がハイボールをぐっと飲み干す。隣の男が「え……?」と小さく声を上げた。そうしたらまたカウンターの下でがしっという音がした。

「おふたり、本当に仲がいいですね」

匡がくくっと笑ってそう言う。

「はい」と蹴られた男が言い「いいえ」と蹴った男が言った。同時に声を発して、まったく正反対の意見にふたりは顔を見合わせ——睨みつけた側の、仏頂面だけれど綺麗な顔の男が先に視線をそらす。

精悍さのあるきりっとした男が嬉しそうにちょっとだけ笑った。

あとがき

こんにちは。あるいは、はじめまして。

佐々木禎子です。

今作の『モーニングキスをよろしく』は1998年にラピス文庫さんというレーベルで出していただいた小説の出し直し作となっております。

当時の私に課せられた命題が「明るく弾けて！」「主人公は一人称にしてください」だったので妙な勢いに溢れた物語になっています。出し直しいただくのにあたり、どこまで書き直すべきか悩みましたが、いまの私には直せない勢いがあったので必要最小限の直しになっています。

同時刊行の『不完全で、完璧なキス』と同じキーワードを埋め込んだり、書き下ろしSSで二作品のキャラが交差したりしていますので、よろしければ二作同時に楽しんでいただけましたら嬉しいです。

弾けよう弾けようと努力したあげくすべってる箇所もありましたがあのときの私の精一杯でした。そして書き直しとして、いまの私の精一杯で、当時の勢いを残しながら、すべり止めしたつもりですが……どうでしょうか……（遠い目になりながら）。

そして今作を書いたときのテーマは「エッチな人工呼吸」でした。ご縁があってなぜか救急の講習会に参加したのですが、帰宅してからいただいた資料などを読んでふと「これをエロでやるにはどうしたらいいのかな」と考えはじめ、よし、エロい人工呼吸を書こうと心に決めてプロットにしました。

そのあたりに萌えていただけたらとても嬉しいです。

出し直しにあたりたくさんの方たちにお世話になりました。旧担当編集者のKさん。私はいまになって、Kさんが「佐々木さんはヒモを書かないでください。あなたのヒモは本当にだらしがなくて笑えない。しかもそいつが酷い目に遭わないでのうのうと生きるので苛立つのです」と言った意味がわかりました。ヒモにならないように、ならないようにと、私のキャラに仕事か学業を与え、毎回指導してくださってありがとうございます。必要ですね。職業……。

現担当編集者さまにもお世話になりっぱなしです。現在進行形です。すみません。ありがとうございます。

旧作・本作と素敵なイラストで彩ってくださっている鹿乃しうこさま。本当にありがとうございます。出し直しで、しうこさんの描き下ろしイラストをいただけるのが嬉しくて！　嬉しくて！
そしてなによりお買い上げくださる皆様に感謝です。
ずっと読者の皆様に支えられてここまでやってきました。
少しでも楽しんでいただけたらと願っております。
またどこかでお会いできますようにと祈りつつ。

リニューアル復刊
おめでとうございます！
自分のイラストを見ても初出が随分昔なのが
わかるのですが、佐々木先生の小説は
今読んでも時代を感じさせない…すごい！
今より更に未熟でクセの強い絵がイメージを
ぶち壊していないかハラハラしてます。　とは言え、
カバー絵だけでも改めてこの作品に関わり、またキャラ達を描く事が出来て
とっても嬉しかったです。　ありがとうございました！
鹿乃しうこ

初出一覧

モーニングキスをよろしく

※上記の作品は「モーニングキスをよろしく」('98年8月プランタン出版刊)として刊行された作品を部分的に加筆修正したものです。

ハートにキスをよろしく　/書き下ろし

B♥PRINCE
http://b-prince.com

B-PRINCE文庫をお買い上げいただきありがとうございます。
先生へのファンレターはこちらにお送りください。

〒102-8584
東京都千代田区富士見1-8-19
株式会社KADOKAWA　アスキー・メディアワークス
B-PRINCE文庫　編集部

モーニングキスをよろしく

発行　2015年12月7日　初版発行

著者｜佐々木禎子

発行者｜塚田正晃

プロデュース｜アスキー・メディアワークス
〒102-8584　東京都千代田区富士見1-8-19
☎03-5216-8377（編集）
☎03-3238-1854（営業）

発行｜株式会社KADOKAWA
〒102-8177　東京都千代田区富士見2-13-3

印刷｜株式会社暁印刷

製本｜株式会社ビルディング・ブックセンター

小社ホームページ　http://www.kadokawa.co.jp/

Printed in Japan
ISBN978-4-04-865272-8 C0193